Konrad Reich

Dor führt ümmer ein den annern an

Zweihundertneunmal Humor
auf Platt – wiederentdeckt, gesammelt
und neu gefaßt

Mit Illustrationen von Inge Jastram

Zinnober Verlag Hamburg

CIP-Kurztitelaufnahme der Deutschen Bibliothek

    Dor führt ümmer ein den annern an:
zweihundertneunmal Humor auf Platt –
wiederentdeckt, ges. u. neu gefaßt / Konrad
Reich. Mit Ill. von Inge Jastram. – Hamburg :
        Zinnober-Verlag, 1987.
       ISBN 3-89315-004-8
    NE: Reich, Konrad (Bearb.)

Ausgabe des Zinnober Verlages, Hamburg 1987
© VEB Hinstorff Verlag Rostock 1987
Schutzumschlag und Einband: Jan Buchholz und Reni Hinsch
Printed in the German Democratic Republic
Herstellung: LVZ-Druckerei »Hermann Duncker«, Leipzig
ISBN 3-89315-004-8

*Zu diesem Buch –
Einsichten im Rückblick*

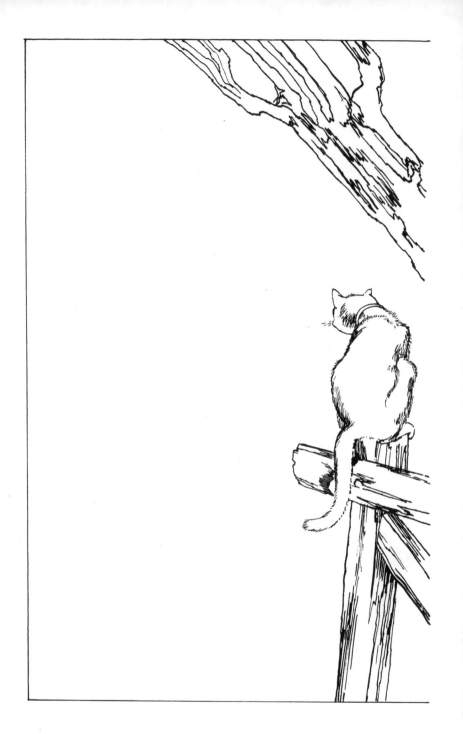

I

Gleich dreifach gibt es im »Deutschen Wörterbuch« der Gebrüder Grimm, gedanklich ins Leben gebracht 1832, das Wort *Witz*. Das erste Mal in der sprachlichen Anwendung als *Blitz*, bekannt und verwendet auch im niederdeutschen Raum. Michael Richey, als Hamburger von Geburt mithin ein Niederdeutscher, Gymnasialprofessor und Verfasser eines hochgerühmten Wörterbuches der »Nieder-Sächsischen Mundart« definierte 1755 dazu: »Witz ist ein Wörtchen, womit wir eine Geschwindigkeit dessen, was im Augenblick geschieht andeuten.« Und er zitierte Redensarten wie »witz leep de Muus wedder in't Lock« oder »witz was em de Kopff weg«. Desgleichen findet man bei seinen lexikographischen Zeitgenossen, so beispielsweise in Johann Carl Dähnerts »Platt-Deutschem Wörter-Buch nach der alten und neuen Pommerschen und Rügischen Mundart« von 1781.

Blitz und *Witz*, *Witz* und *Blitz*, überall, in der Hochsprache wie in den Mundarten, nahm man sie als gleichberechtigte Brüder. Und es scheint, als wenn sie, sozusagen naturgemäß, blendend zueinander passen: ein Witz, der wie ein Blitz daherkommt oder gar wie ein solcher einschlägt, Spannung schafft und Entladung bringt.

Zum andernmal geistert *Witz* als Bezeichnung für den Widder durch die Sprachlandschaft, bezeugt im Westerwald und im Allgäu, dazu dieses *witzen* als bespringen. Ein Sprachüberbleibsel, dessen Ambivalenz zwar jede Phantasie anzuregen vermag, das aber hier nun doch nichts zu suchen hat.

Unser Wort *Witz*, dem Sprachschatz des Althochdeutschen entstammend, impliziert dagegen, nach Jacob und Wilhelm Grimm, mehr als drei Dutzend differente Sinninhalte (auf mehr als 2240 kleingedruckten Zeilen): es steht für Verstand, Klugheit, den klugen Einfall, Scherz und sogar für das Listigsein. Als eine Gabe, die den Menschen vor der übrigen Natur auszeichnet (oder wenigstens, so darf man hinzusetzen, auszeichnen sollte). Dieser *Witz* hat intellektuelles Vermögen und ist geprägt von konstantem Können. Es ist rechtens, ihn so zu interpretieren, weil ursprünglich, sprachlich gesehen, *Witz* und *Wissen* die gleiche Mutter hatten. Der *Witz* wandelte und verwandelte sich etlichemal, seitdem er existiert. Es gab lange Augenblicke einer engeren Verwandtschaft zum Wissen (um die Dinge des Menschen und der Welt), aber auch Zeiten, in denen ihm die »schönen Wissenschaften und freien Künste«, wie das Künstlerische einst allgemein hieß, mehr behagten. So im 17.Jahrhundert, als das gesellschaftlich-literarische Ideal des *bel esprit*, aus Frankreich kommend, über halb Europa schwappte, wo es allein dem sinnreichen, klugen Einfall eines »aufgeweckten, artigen Kopfes« erlaubt war zu renommieren. Und weil man in jenen Jahren das Wesen aller Dichtung in solcherart ›Einfällen‹ sah, besaß nur der dichterisches Vermögen, der *Witz* (in diesem Sinne) hatte. Und umgekehrt.

»Witz«, formulierte das »Neueste elegante Conversations-Lexicon für Gebildete aus allen Ständen« richtigerweise um 1843, »nennt man die geistige Fähigkeit, schnell die Ähnlichkeit und Unähnlichkeit zweier Dinge miteinander aufzufassen und sie treffend und sinnreich zu vergleichen.« Die stets kluge Marie Freifrau von Ebner-Eschenbach bekundete: »Ein guter Witz muß den Schein des Unabsichtlichen haben. Er gibt sich nicht dafür, aber siehe da, der Scharfsinn der Hörer entdeckt ihn, entdeckt den geistreichen Gedanken in der Maske eines schlichten Wortes. Ein Witz reist incognito.« Der Philosoph Theodor Lipps erläuterte 1898, Witz heiße überhaupt »jedes bewußte und geschickte Hervorrufen der Komik, sei es der Komik der Anschauung oder der Situation«. Der Dichter Jean Paul brachte das Ganze auf die Formel: »Freiheit gibt Witz und Witz gibt Freiheit« und »Der Witz ist ein bloßes Spiel mit Ideen«. Siegmund Freud, der Ur-Vater moderner Psychoanalyse, schuf schließlich, erstmals gedruckt 1905, eine der äußerst seltenen theoretischen Abhandlungen, in der auf 214 gedruckten Seiten jener weitverbreiteten Erscheinung des geistigen Lebens und der menschlichen Alltagserfahrung in gewohnter Weitläufigkeit und Genialität nachgegangen wird. Dabei machte er sich jene »Ähnlichkeit und Unähnlichkeit« und jenen »Schein des Unabsichtlichen« zu eigen, Definitionsversuche und Deutungen, die bereits vom »eleganten Conversations-Lexicon« und von der nicht minder elegant formulierenden Freifrau richtig gesehen und erfaßt worden waren. »Der Witz und seine Beziehung zum Unterbewußten«, angereichert mit einer verteufelt guten Sammlung von Witzen, führt titelgenau das weiter, was die einige Jahre zuvor erschienene Arbeit »Die Traumdeutung« eingeleitet hatte. Träume und Fehlleistungen (der ›Freudsche Versprecher‹ als seine wohl bekannteste und am häufigsten zitierte Theorie) und nun der Witz als ein überaus subtiler und persönlichkeitsbestimmender Vorgang, tief innen verborgen, und (manchmal oder immer) von innen nach außen drängend. Man muß dem großen Freud zustimmen, wenn er, vor allem mit einem Blick auf den Beginn unseres Jahrhunderts, einleitend sagte: »Wer einmal Anlaß gehabt hat, sich in der Literatur bei Ästhetikern und Psychologen zu erkundigen, welche Aufklärung über Wesen und Beziehungen des Witzes gegeben werden kann, der wird wohl zugestehen müssen, daß die philosophische Bemühung dem Witz lange nicht in dem Maße zuteil geworden ist, welches er durch seine Rolle in unserem Geistesleben verdient. Man kann nur eine geringe Anzahl von Denkern nennen, die sich eingehender mit den Problemen des Witzes beschäftigt haben.« Einen Grund freilich, uns zu beklagen, nachdem unterdessen mehr als achtzig Jahre vergangen sind, haben wir nicht mehr. Das Publikationsdefizit ist geschrumpft, kleiner geworden. Die Liste der Witz- oder Humorforscher ist lang, die Psychologie des Witzes und des Humors haben weltweit Hochkonjunktur. Ich will gar nicht erst versuchen, auch nur das Wichtigste hier in Augenschein zu nehmen, was derweil theoretisch über die Natur des Witzes oder des Lachens formuliert, behauptet und veröffentlicht wurde und weiterhin wird. Das wohl aufschlußreichste und amüsanteste Buch, 1985 mit dem wahrlich witzig-bezeichnenden Titel »Witzableiter« erschienen, man beachte die synonymische Nähe von *Witz* und *Blitz*, soll wenigstens nachdrücklich erwähnt und hervorgehoben werden. Denn seit Sigmund Freud ist es *die* intelligenteste, unterhaltsamste und gründlichste Psychologie des Witzes und des Humors. Eike Christian Hirsch, der Autor: Das »Ziel des Witzes (aller Komik, allen Humors) ist klar und bedarf keiner Definition: ist das befreiende Lachen. Die Mittel, das Ziel zu erreichen, sind so vielfältig, daß sie sich einer definierenden Beschreibung entziehen ...

Es ist eine lange Spur, die der Witz gezogen hat, wenn er das Lachen erreicht. Vom Verstand intuitiv erfaßt, im Unbewußten zündend, die Gefühle provozierend und den Körper schüttelnd, löst der Witz immer Bindungen auf, die uns zur Last wurden. Wem dafür Worte wie ›Befreiung der Lust‹, ›Therapie der Angst‹ oder ›Triumpf des Ichs‹ zu hoch gegriffen scheinen, kann doch wenigstens feststellen, daß der Mensch durch die heilsame Provokation des Witzes ein wenig Freiheit von sich selbst erlangt. Er wird für einen Augenblick locker. Und locker sein, ist heute ein Wert an sich.« Kompliment und Respekt. Das leuchtet ein. Es stimmt und ist stimmig. Ergänzenswert vielleicht nur eine winzige Kleinigkeit, die Tatsache nämlich, wie stark das Wortpaar *Witz* und *Wissen* im alten Sinne bei uns Heutigen weiterwirkt: das ist der Witz an der Sache, sagen wir, und meinen, das ist also das Entscheidende, das Interessante, der rechte Sinn, der Punkt, die Pointe. Antipodisch dazu *witzlos*: das Unsinnige, das Strohdumme und Unintelligente, das Uninteressante und das Begriffsstutzige. In die sprachliche Mode erst nach 1945 gekommen, wird es seitdem nicht nur von jungen Menschen gebraucht, deren umgangssprachliche Eigenwilligkeiten ja immer den Reiz des Besonderen haben.

II

Das Wort Humor nun hat denselben Wortstamm wie *Humus*, es wurde seit dem 16. Jahrhundert aus der Gelehrtensprache (im lateinischen Gewande) in das Deutsche übernommen. *Humor* war in der Natur- und Heillehre des Mittelalters auch auf die Feuchtigkeit bezogen. Auf den Saft im Inneren des Menschen: humor naturalis gleich natürliche Feuchtigkeit. Aus dem Weltbild des späten Mittelalters mit seiner festgefügten, auf Gott zentrierten kosmischen Hierarchie ist bekannt, welche Bedeutung die astromedizinische Lehre den trockenen und feuchten Elementen zumaß, der natürlichen Vermischung und Temperatur der vier *Humoren*, ihre Beeinflussung des Gemüts, der inneren *complexion*. Und so nimmt es nicht wunder, daß von hier aus und nach und nach das Wort

Humor den bis heute (im Großen und Ganzen) gültigen Sinn annahm: als Stimmung, Laune, Gesinnung. Fraglos wird uns spätestens in diesem Moment klar, warum ein trockener Mensch eben keinen Humor haben kann, ihm fehlt's an humor naturalis, an jener ›Feuchtigkeit‹, die Herz und Seele erfrischt.

Humor und Witz. Und dann auch noch das Komische – die Suche nach Übereinstimmungen, das Bedürfnis nach Abgrenzung, wer wo seinen Platz hat oder ihn gefälligst nicht haben darf, der Wunsch nach gültigen und griffigen Interpretationen und brauchbaren Definitionen beschäftigt seit langem Philosophen und Soziologen, Literaten und Wissenschaftler aller Couleur. Aber ob Witz und Humor wissenschaftlich überhaupt zu fassen sind, bezweifelt nicht nur der rumänisch-amerikanische erfindungsreiche und experimentierfreudige Zeichner und Karikaturist Saul Steinberg: »Der Versuch, den Humor zu definieren, ist selbst eine Definition des Humors.« Ihm wesensverwandt der überaus populäre Schriftsteller Ehm Welk: »Der Mensch, der definieren kann, was Humor wirklich ist, muß erst noch geboren werden. Das kommt daher, daß Humoristen nicht über Humor schreiben können und Schriftsteller (oder Wissenschaftler), die über Humor schreiben, keinen zu haben brauchen.«

Ja, so ist es.

Was die Theorie und die Theoretiker (zum Thema Witz, Humor und Komik) als Pol gegen Pol setzen und in's Zentrum rücken, mengt das Leben sichtlich respektlos ineinander. Offenbar sind die Abgründe, die das Lachen des Menschen öffnet, tief und dunkel, voller Widersprüche. Es schafft Gemeinsamkeiten und Gegnerschaften. Verbindet und trennt. Grenzsicherungen mit einbetonierten Pfählen nutzen, so scheint mir, auch da nichts, mit ihnen ist alledem nicht beizukommen. Vielleicht eher mit einem empirischen Herangehen, mit dem Blick auf das Leben, auf die jeweilig sich widersprechenden Lebenssituationen in Gemeinschaften und Regionen.

Notfalls nutzt es, formel- oder thesenhaft jetzt gegenüberzustellen: der Witz ist scharfer Geist. Geistesblitz. Er schafft Helle, Erkenntnis. Der Witz ist schneidend, Witz als ratio. Er bezieht seine

Substanz aus dem Wort oder dem Gedanken, er liebt die Anspielung, das Mißverständnis (das scheinbare besonders), die Denkfehler, er mag ebenso die wirkliche wie unwirkliche Situation und er fühlt sich wohl in der Landschaft, die ihm Heimat ist. Er ist von harmloser oder aggressiver Tendenz, er transportiert Obszönes, Zynisches, Grausames (und vieles mehr). Selten versöhnt er.

»Du, hest al heurt, de Oll is in de Irrenanstalt komen, de Mann hett 'n Lütten op de Luuk!«

»Minsch, dat weur dat Vernünftigste, wat he dohn kunn!«

Eine andere Beispielgeschichte paßt ebenfalls hierher. Ein Mann (mit an Sicherheit grenzender Wahrscheinlichkeit ein Niederdeutscher) hat zuviel getrunken. Er ringt mit sich. Ein anderer kommt vorüber und sagt: »Is schon recht, schon din' Moors!«

Humor hingegen löst andersartige Schwingungen aus. Er kann helfen, Leben zu bewältigen, Melancholie und Resignation zu überwinden. Witz kann man erwerben, Humor hat man. Humor läßt das Herz mitreden, ist Freude, sinnliche Lust am Leben, Gefühlsaufwand, Haltung, der sehr persönliche Grundzug eines Charakters. Ein Zustand schlechthin. Eine Gabe, so der Kunsthistoriker Wilhelm Pinder: »Es gibt keinen schneidenden Humor und es gibt keinen herzlichen Witz, aber es gibt den messerscharfen Witz, und jeder echte Humor stammt aus dem Herzen. Vielleicht ist Witz der Wissenschaft verwandt, sicher Humor der Kunst.«

Mit zwei Beispielen will ich untermauern, was da offenbar nur mit dem Herzen verstanden werden kann. Geschichten, die zudem regional austauschbar sind: ein Hamburger (Rostocker, Schweriner, Lübecker oder Bremer) versteht nicht, wieso es Menschen geben kann, die auch woanders (in Leipzig, München oder Dortmund) gern leben können und wollen. Besonders das an Reizen viel kargere Altona, das im Osten an die Hamburger ›Vorstadt‹ St. Pauli stößt, war einst Zielscheibe vieler Geschichten, die Ur-Hamburger genüßlich erzählten: Am Straßenrand sitzt ein Mann und weint. Da kommt der liebe Gott daher und fragt ihn, weshalb er weine.

»Och«, sagt er, »lot man.«

»Segg mi dat doch«, sagt der liebe Gott, »ick help di.«

»Du kannst mi nich helpen.«
»Dat weest du jo nich, man to, segg mi dat doch.«
»Mi kann keener helpen.«
»Na, ick bün de lewe Gott. Nu segg mi man, wat di fehlt.«
»Ick bün ut Altno.«
Dor hett de lewe Gott sick bi em dolsett un hett ok weent.

Es gibt, wie man sieht, einen erheblichen Kontrast zum Witz. Erkennbar auch bei jenem Dialog, den man sich an den Küsten Norddeutschlands seit mehr als hundert Jahren so oder so ähnlich erzählt:

Zwei Warnemünder sind auf Lotswache. Der eine trinkt Köhm, der andere Kaffee. »Wenn du dat Schnapsdrinken nich lettst, warst du ok nich olt«, meint der Kaffetrinker.

»Oh«, sagt der andere, »ick heww all immer Schnaps drunken un bin dor all seßtig Johr bi olt worren.«

»Je«, erwidert bedächtig der Kaffeetrinker, »wenn du kenen Schnaps drunken harst, würst du gewiß all sebenzig sin.«

III

Man sieht, ohne eine tüchtige Portion Vorgeschichte geht es nicht. Nun sind aber gewiß nicht all die klugen Gedanken und die Fülle theoretischer Betrachtungen vonnöten, um herauszufinden, ob die Niederdeutschen tatsächlich Humor haben. Man weiß es. Inzwischen oder seit eh. Man kann es nachlesen. Hier und jetzt.

Auch die große Literatur des Anfangs beweist es: das niederdeutsche »Narrenschyp« des Sebastian Brant zum Beispiel, erstmalig erschienen 1497, der »Reynke de vos« aus dem gleichen Jahr oder die Figur des ebenso berühmten »Ulenspiegel«, der sich zu Beginn des 16. Jahrhunderts unter die Menschen mischte. Sie demonstrieren auf autonome, unverwechselbare Weise Humor und Witz, den ›klugen Einfall‹. Im »Reynke« steht's ohne viel Drumherum: »Dit bok is ser gut to deme Kop: hir steit vast in de werlde lop.«

Was danach kam, ist so ergiebig nicht mehr. Insgesamt war's ja eine Zeit totaler Ruhe, literarisch gesehen. Niederdeutsche Literatur und Sprache lagen irgendwo am Rande, in einem fast totenähnlichen Schlaf. Rund zweihundert Jahre lang. Doch das damals von den »höheren Schichten« verachtete »Sassische« hatte im Volk nie aufgehört zu leben. Diese nun »gemeine Volkssprache« war zwar in den äußersten Winkel verbannt, doch sie blieb in begrenzten Mundartreservaten erhalten. Was man sich da aber erzählte, die Bauern und Seeleute in Dörfern und Kneipen entlang der Küste, auf Segelschiffen und in den Seemannsquartieren, wissen wir nicht genau. Niemand hat es derzeit gedruckt. Die später sehr populären niederdeutschen Kalender gab es noch nicht. Erst von der zweiten Hälfte des 18. Jahrhunderts an transportierten sie vieles von dem, was umlief im Volke. Eben auch jene Geschichten, denen wir jetzt begegnen. Wir Heutigen können davon ausgehen, daß so manches, was noch immer vergnüglich erzählt wird, in dieser Zeit entstanden ist. Mündlich überliefert, weitergegeben, variantenreich, von Generation zu Generation. Nur ein ganz kleiner Teil, dazu gehören auch einige der hier neu erzählten Geschichten, läßt sich akkurat zurückverfolgen. Die wenigsten haben einen namentlich bekannten Urheber. Sie sind so anonym wie Märchen, Redensarten, Sprichwörter oder Rätsel. Oft sind sie weit gewandert. Von Mund zu Mund. Von Ort zu Ort. Dabei kam gewöhnlich eine neue, eine andere Farbe hinzu. Die jeweilige Umgebung, Landschaft und Menschen, färbte an und ein. Einige der Wanderstoffe wurden so spritziger, witziger. Manche langweiliger. Es macht viel Mühe, und es ist in der Regel fast überhaupt nicht mehr rekonstruierbar, präzise zu lokalisieren und zu qualifizieren, den Ursprung freizulegen und die Nachkommen zu identifizieren.

Eine andere hohe Zeit niederdeutschen Humors begann, als die Mundartliteratur nach 1850 über's Land flutete. Ungezählte, zumeist nebenberuflich schriftstellernde Niederdeutsche versuchten, sich in der Welt der Literatur einen Namen zu machen. Auch dies eine Folge der geradezu spektakulären Berühmtheit, die im Norden Deutschlands Fritz Reuters »Läuschen un Rimels« erlangt hatten. Hunderte von *Dichtern* versuchten, dem nachzueifern. Leider schadeten sie mit ihren Machwerken einer eben wieder zu Ansehen gekommenen Literatur.

Doch es gab anderes, besseres. Es verblüfft, wenn man auf die imaginäre Landkarte des Humors blickt und sieht, welche gewaltigen Humorpotenzen der angeblich so kühle Norden immer wieder hatte. Andere Sprachregionen könnten da vor Neid erblassen. Und das, obwohl es immer wieder heißt: die Norddeutschen seien grüblerisch, versonnen, schwermütig. Bei nur geringen regionalen Unterschieden wenig anpassungsfähig, stur, Dickköpfe, unbelehrbare zudem. Ein höchst wundersamer Menschenschlag, der nicht zu träumen vermag, nur auf die eigene Erde blickend und nicht auch manchmal in den Himmel. Für Kunst und Literatur mehr Mißtrauen denn Zuneigung empfindend: »Dat is een Bökerschriver. De mookt ut 'n Furz 'n Dunnerslagg«, bestätigt ein alter Küstensnack.

So falsch ist das alles nicht. Tatsächlich ist das meiste, mit dem man an den Küsten und weiter binnenwärts umgeht, nicht identisch mit dem, was in anderen Landen zu Hause ist. Jedoch muß man sich hüten vor den Klischees, den abgenutzten, die selbst bei ständiger Wiederholung nicht richtiger werden. Fraglos gibt es ethnische Unterschiede. Regionalgeschichtliche Besonderheiten en masse: aus der Geschichte, der Sprache und der Kultur hervorgegangen; Religionen, Ideen und Ideologien prägten Städte, Landschaften und Menschen. Im Mittelpunkt des niederdeutschen Humors stehen natürlich, wie könnte es anders sein, die Fahrenslüd, die es, zum Beispiel in Bayern, nicht gar so häufig gibt: der ›Hamburger Jung‹ und die mecklenburgischen Seefahrer aus Wismar, Rostock oder vom Fischland. Als die Segelschiffe die Meere noch befuhren, kamen immer neue Geschichten von See an Land, wo sie fest vor Anker gingen. Und auch die Nord- und Ostseehäfen waren als plattdeutsche Sprachgebiete Brutplätze niederdeutschen Humors. Da wurde geblödelt und die Paradoxa blühten. So über Frank Wedekinds Geschlechterkampf-Schauspiel »Die Büchse der Pandora«, das in Hamburg Mitte der zwanziger Jahre großen Erfolg hatte. Die Kunde davon drang bis in den Hamburger Hafen, und man fragte sich nun gegenseitig: »Hest du Pandora eer Büks al seen?«

Besonders hier blinzelt der Schalk, der kluge Einfall um die

Ecke, wahrend den Schein der Unabsichtlichkeit, appellierend an den Scharfsinn des Zuhörenden. Erfahrungen wiedergebend, langsam gereifte, unumstößliche:

»Was tun Sie auf See mit Ihrem Schiff bei Windstärke 11?«
»Denn sett ick 'n Reff.«
»Das genügt nicht.«
»Denn sett ick noch 'n Reff.«
»Das ist aber noch nicht genug.«
»O wat, dat is gewiß genug!«
»Ja, wenn das nun aber nicht genug ist?«
»Denn smiet ick Notanker!«
»Der reißt – was denn?«
»Nee, de ritt nich!«
»Ja, wenn er nun aber doch reißt, und wenn dann noch das Ruder bricht und der Mast über Bord geht?«
»Ja, denn will ick Sei wat seggen: den heff ick dat, wat Sei all lang' harr'n: denn heff ick de Bücks bet an'n Kragen vull!«

Tatsächlich war und ist die jeweilige Mundart eines der am häufigsten gebrauchten Mittel, um Humor und Witz zugkräftig zu artikulieren. So liefen denn auch tausende Geschichten um, die man sich so oder so ähnlich erzählte: dort mit einer phantasievolleren Ausschmückung und ausgefeilterer Erzähltechnik, hier nüchterner und karger. Aber man traf sie überall. Dem oft überhitzten Schwaben waren sie vertraut, dem zu (gewollten) Mißverständnissen neigenden Sachsen, dem schnoddrigen Berliner, dem freimütig-deftigen Bajuwaren oder dem Hamburger mit dem ›sstets‹ klaren Blick auf die Realitäten des Lebens. Zwischen der Devise des Berliners: »Mir kann keener« und der des Hamburgers mit seinem: »Mi könt se all« sind die Differenzen beim längeren Hinschauen so groß nicht.

Eine weitere Wiege niederdeutschen Humors stand auf dem flachen Lande, wo der ›Herr‹ und der Pastor das Sagen hatten, wo spezifische Haltungen und Eigenschaften das Leben prägten, die es nun tatsächlich nur in diesen Regionen gab. Am sichtbarsten in Mecklenburg, das, so Kurt Batt in seiner Reuter-Biographie, »in geradezu protypischer Weise die historischen Rückstände ... kultivierte, mehr noch, das selbst unter den gewiß nicht fortgeschrittenen deutschen Partikularstaaten die Rolle eines kraß regressiven Außenseiters spielte.« Bezeichnend dafür die von Teilen des Volkes gebrauchte Redensart »Dat litt de Ridderschaft nicht«, die zu einem geflügelten Wort werden konnte. Das alles ist ›Thema‹ mancher Humorgeschichte, in denen überdeutlich wird, wie sich immerwährend »Vogel- und Froschperspektive, Distanz und Identifizierung« gegenseitig bedingten und ergänzten.

In einer Arbeit von Hans Bunje über den Humor im Niederdeutschen, erschienen 1953, heißt es zu Recht, daß die »Dichtung Niederdeutschlands ohne den Humor nicht zu verstehen ist. Das Grunderlebnis des Humors ist das Grunderlebnis dieser Dichtung.« Das Grunderlebnis aber, ist immer und überall die Erfahrung der Gegensätze im realen Leben, das (oft vergebliche) Bemühen, sie mit den Mitteln des Humors zu überwinden. Dies tun (oder versuchen) die großen Gestalten des niederdeutschen Humors – Bräsig, Jochen Nüßler, Kasper-Ohn – ebenso wie die Identifikationsfiguren anderer Landschaften und Literaturen.

IV

Zu allen Zeiten und überall in deutschen Landen gab es die befreiende Kraft des Lachens. Menschen, die nicht lachen können, nicht über andere und nicht über sich selbst, sind schlimm dran, bedauernswerte Geschöpfe.

Lachen als produktive Kraft.

Die tiefe Wirkung des Humors wird so erklärbar, und auch seine übergreifende Fähigkeit, sich zu erneuern. Wenn es zutrifft, daß der ›kluge Einfall‹ des Witzes schneidend ist oder sein muß, der Humor dagegen das Freundlich-Positive, Resignation Überwindende, dann liegen die hier gedruckten 209 winzigen Geschichten irgendwo dazwischen. Für mich sind sie allesamt im alten Sinne des Wortes und zugleich auf eine sehr moderne Art weise: besinnlich und mit sanfter Ironie durchsetzt. Sie schaffen Nachdenklichkeit, besonders dort, wo Melancholie durchschimmert. Gelassenheit ist ihnen eigen, mit einem leichten Hauch von Fatalismus. Der Ton, spürbar die Lust zum Dröhnigen, ist einfach, abwesend ist die Überheblichkeit unterdurchschnittlicher Menschen. Musische Sensibilität hingegen, das Spiel des Lebens zu spielen, weil es Spaß macht, paßte niemals so recht zur Innenwelt der Norddeutschen (und sicher auch nicht zur sozialen Basis ihrer oft kärglichen Außenwelt); wenn man sich etwas mitzuteilen hatte, dann tat man es direkt und kraftvoll: im Leben wie in der Literatur. Sie dachten wie ihnen Kopf, redeten, wie ihnen der Schnabel gewachsen war.

Obszönitäten (ick mok min Mul nich to'n Swienstall), Aggressives und Zynisches muß man mit der Lupe suchen. Aber auch den politisch eingefärbten Humor. Die Fundamente des Staates, die gesellschaftlichen und sozialen Grundordnungen blieben unangetastet. Im »Großherzoglich-Schwerinschen Kalender auf das Jahr 1869« fand ich: ›Ein sehr vornehmer Herr traf beim Reiten einen das Vieh hütenden alten Mann. Er fragte, was dieser als Lohn bekomme.

»Eten, Drinken, Tüg un Hüsung«, sagte der alte Mann.
»Weiter nichts?« fragte der vornehme Herr.
»Hett hei mihr?« war die Antwort.‹
Der gleiche Kalender druckte 1896:
Herr: »Na, is gaud. Du kannst denn morgen taugahn.«
Jochen: »Schön, Herr.«
Herr: »Wat ick di noch seggen wull: ick kann scheußlich groww warden.«
Jochen: »Na, un ick ierst, Herr.«
Nein, weiter wagten sich die Niederdeutschen nicht vor. Vielleicht weil sie einst wirklich etwas duldsamer waren (»Humor ist der Knopf, der verhindert, daß uns der Kragen platzt«, sagt Joachim Ringelnatz), und weil sie politisches Engagement nicht als eine permanente und notwendige Erscheinung menschlichen Daseins verstanden. Wer jedoch beim Lesen und *nach* dem Lachen jeweils einen Augenblick innehält, wird in jeder Beziehung reichlich belohnt. Auch ich war beim Sammeln und Schreiben mehr als einmal von dem überrascht, was sich mir öffnete. Bislang Verborgenes und weithin Unbekanntes kam – nach und nach – wieder ans helle

Licht des Tages. Tiefer und genauer wurde die Einsicht, der Blick auf etwa zweihundert Jahre Lebensumstände und Gewohnheiten. Auf Städtisches und Ländliches, auf Jung und Alt. Und am Ende weiß man ein bißchen mehr vom Menschen. Von seiner Herzlichkeit und seiner Größe, von seinem Kummer und seinen Ängsten, von seinem Denken und Fühlen. Dies ist, so meine ich, wahrlich nicht wenig ...

*... ick bün 'n Schapskopp,
un du büst 'n dito.*

Je, nu is hei all lang dod. 'n goden Kirl wier 't, äwer 'n schnurrigen Pötter. Hei wull ümmer so vörnehm sin, äwer dat mallürt' em mit de entfamtigen Fremdwürd ...

Hei kriggt 'ne Reknung von 'n Schauster. Dor steiht up: »Ein Paar Stiefel besohlt 3 Mk. Ein dito 1.50 Mk. Ein dito 2 Mk.« Hei seggt to sin Fru, wat heit dit, un wat bedüdt dit? Wi hebben doch kein Ditos hatt?

Dunn geiht hei ja hen un fröggt den Schauster. As hei torügg kümmt, seggt hei to sin Fru: »Nu kann ick 't di verkloren: Ick bün 'n Schapskopp, un du büst 'n dito.«

»Kik mal den dor! Dei hett en fein Geschäft makt.«

»Soo? Kennst du em?«

»Ja, woll kenn' ick em. Vör drei Johren kem hei nah Rostock mit 'n terreten Büx. Un nu hett hei twei Milljonen.«

»I wo! Dat kann ja woll gor nich angahn! Räd nich so'n Tünkram!«

»Wieso? Glöwst dat nich?«

»Ick will dat woll glöwen, oewer ick kann nich begriepen, wat de Mann mit twei Milljonen terretene Büxen anfangen will!«

Muul wir 'n Giezknuppen, ein von de ganz slimmen, un de Ünnerscheid twischen Mien un Dien wir em nich ganz kloor. Muul sniet mal nah ein Gesellschaft rin, in dei hei eigentlich nich rinhüren deed, wieldat alltosam – von em afseihn – anständig Lüd wiren. Hier lett Muul 'nen sülwern Läpel verswinnen. Gliek nah 'n Afdragen keem de Kellner rin un säd, dor fählt 'n Läpel, de Herrschaften müchten doch mal tokiken, wat se em nich finn' künnen!

Keinein fünn em.

Dunn seggt ein von de Gäst: »Dat is jo eigentlich nich to glöben, dat hier 'n Deif mank uns is, oewer ick mücht doch, dat wi uns all dörchsöken laten, dat wi wedder ihrlich dorstahn!«

»Dat is nich nödig!« reep ein anner. »Dau 't mal all ens, wat ick befähl!«

Un he kummandier:

»Stäkt alltohoop, so as ji sitten, dat Hööft ünnern Disch!«

Se deden 't.

»Hebben ji all den Kopp ünnerstäken?«

»Ja«, repen se all.

»Ok de, de den Läpel hett?«

»Ja«, reep Muul.

(Nach Karl Friedrich Arend Scheller, zuerst veröffentlicht in »Dat sassische Döneken-Bok«, 1829.)

»Du, Korl«, seggt August, »nu will ick di mal ganz wat Niechs vertellen.«

»Denn man tau!«

»Mien Vader hett up de Jagd fief Rabhöhner mit einen Schuß drapen.«

»Wat du nich seggst! Oewer, hür mal, dat is noch gor nicks. Mien Vader hett mi vertellt, dat he mit einen Schuß nägenunnägentig Duben schaten hett!«

»Na, Korl, worüm seggt he denn nich gliek hunnert!«

»Nee, wägen ein so'n doemlig Duw lüggt mien Vader nich.«

»Nimm mi dat nich öwel, oewer wenn du mi wat vertellst, denn möst du mi ok anseihn. Ik kiek ok nich ümmer piel up ein Flagg!«

»Nee«, säd de anner, »dat deist du nich. Oewer ik möt uppassen, dat mien Öwertrecker nich stalen ward.«

»Dat 's doch man 'n Uträd! Kiek ik denn ümmer na?«

»Nee, dat deist du nich. Du hest dat oewer ok nich nödig! Dien' is al lang weg.«

Twei gaude oll Frünnen drapen sik. Dei ein fröggt den annern:
»Korl, du makst 'n Gesicht as dei Katt, wenn 't dunnert?«

»Mi is ok bannig schlicht tau Maud! Ik heww all mien Geld bi 't Rönnen verluren.«

»Dat deit mi von Harten leid! Awer segg mi blot, worüm rönnst du ok so dull?«

»Wenn hei, entfahmtige Kierl, nich glick maken deit, dat hei von minen Weg rünnekümmt, denn slag ick em dei Knaken in 't Liew intwei, dat hei den Himmel för 'n Dudelsack ansüht!«

Dei Handwarksbursch verfihrt sick bannig:

»Dat heff ick jo gor nich wüßt, dat ick hier nich gahn dörf.«

»Wägen dem segg ick em dat ja in 'n Gauden!«

»Sall dat Iernst sien?«

»Du kannst 't nähmen as du wist.«

»Na, hür, tum Spaß wier 't ok 'n bäten groff.«

»Weitst du woll, wat de Lüd von di räden?«

»Na, wat denn?«

»Sei seggen, du hest kein Gewissen.«

»Dor hewwen sei ok ganz recht. Ick heww kein Gewissen, un wenn ick mi mal en leihnen will, gah ick tau di, denn du hest en, äwer du brukst dat nich.«

»Se hebben 'n Paket«, seggt de nige Breefdräger.

»Wo is 't denn?«

»Dat heww ick bi 'n Sprüttenhus henstellt, ick künn 't nich mihr dragen.«

»Oewer Minschenskind, dor ward 't mi jo wegnahmen!«

»Nee«, seggt uns' Fründ von de Post, »dor steiht jo Se Ehr Adreß up!«

»Sei, Deinstmann, koenen S' mi nich mal fix 'n Liter Bier von 'n Ratskeller 'roewer halen?«

»Deit mi leid, nee. Ick bün von einen Herrn bestellt, un dei kann jeden Ogenblick kamen.«

»Oewer 'n halwen Liter koenen S' mi doch halen?«

»En halwen Liter? Ja, so veel Tid heww ick sacht noch.«

Hein un Tedje sünd mool wedder blank. Trurig sliekt se langs de Straten. Mit 'n Mool bückt Hein sik un grippt wat up von de Straat. 'n Markstück is 't, 'n ganze Mark!

»Minsch«, röppt he, »weest' wat? Nu gaht wi gau hen un köpt uns för 95 Penn Köm un för fief Penn Brot.«

»Minsch, wat süllt wi mit all dat Brot«, seggt Tedje.

An 'n Postschalter.

»Herr Kassier, dat Geld stimmt nich!«

»Ja, dat harr'n S' früher seggen müßt. Hinnerher kann dat jeder Hansnarr seggen.«

»Na, denn is 't gaud. De fiew Mark, dei Sei mi tau veel gewen hewwen, warden mi ja nich unglücklich maken.«

»Wat is dat mit di?

Lewst du noch?

Letzthen hett Jehann mi vertellt, du wierst dod bleben.«

»Denn hett Jehann di wat upbunnen! Ick lew noch, as du sühst.«

»Je, ick tru di nich. Jehann Cohrs is 'n ornlichen Minschen, oewer du hest mi vörrig Johr ok all de Jack vullagen!«

»Scheußlich«, säd Krischan, »wenn ick upstunns tau veel drinken dau, denn will dat nich mit 'n Arbeiten. Na, un wegen dem lat ick dat leiwer.«

»Dat Drinken«, seggt de Nahwer.

»Nee«, seggt Krischan, »dat Arbeiten.«

»Sei glöwen gor nich, wo klauk de Hunn'n sünd. Dat giwwt Hunn'n, dei sünd kläuker as ehre Herren.«

»Ja, ja, ick weit, ick heww sülwst so einen.«

Jan schüddelt den Kopp: »Minschenskind, een Veertelstünn' steihst du nu al dor un kiekst den Aebär an. So bi lütten mußt du doch al klook kregen hebben, wat dat för'n Oort Vagel is.«

»Tschä, weest du, solang as ik dor henkieken do, steiht dat Deert al up een Been. Wo sowat bloots angohn kann, dat dat dar jümmer up een Been rumsteiht!«

»Dat is nu mool wedder 'n Snack! Dat du dat nich begripen kannst! Wenn he dat eene Been hoch nehmen wull, denn full he doch um!«

Fietje hett bloot noch een Priem.

För twee langt he nich mehr.

Seggt Teedje to em: »Wat meenst, wenn wi em utraden doot?«

Fietje is inverstahn. He nimmt in de eene Hand den Priem, in de anner 'n Steen, un höllt nu beides achtern Rügg. Un denn fröggt he: »Wat wullt du hewwen, Steen oder Priem?«

»Priem«, seggt Teedje.

»Minsch, wat kannst du raden!« seggt Fietje un giwwt em ganz verbaast den Priem hen.

»Nee, wat sünd dat upstunns för Tiden. Ick wull gistern en Twintig-Mark-Schin wesseln. Glöwst du, ick harr einen?«

Wat de Tedje ist, de mutt no Bad Ollslo un dor Moorbäder nehmen. Dat sleit bannig an, un as he bi den Kroogweert Peter Döstig al wedder 'n Lütten nehmen kann, kann he nich noog snacken von sien »Kur«.

»Weest'«, seggt he, »as ik hier ankeum, do kunn ik nich lopen un nich snacken, un nu ...«

Seggt Peter Döstig: »Dat kunn ik ok nich, as ik hier ankeum.«

»Wat du nich seggst! Wat hett di denn fehlt?«

»Fehlt!? Fehlt hett mi niks. Ik bün hier doch geboorn.«

Een Fremden kummt no Hamborg hen un will mit de Elektrische no de Middelstroot feurn. Nu weur düsse Butenlanner obers een Stamerbuck un as se achtern Berliner Door in de Borgenweid rinbeugen, dor nimmt he fein sien Hoot af un froogt een jungen Mann:

»Vvvvvv-er-zzzz-eihn SSSS-ie, kkkk-ommt hhhh-ier bbbb-ald ddd-ie MMMMM-ittel-sssss-straße?«

De anner kickt em an, seggt ober niks.

De Butenlanner gläuwt, he hett em nich verstohn:

»Vvvvvv-er-zzzz-eihn SSSS-ie, kkkk-ommt hhhh-ier bbbb-ald ddd-ie MMMMM-ittel-sssss-straße?«

De anner kickt em wedder an un seggt wedder niks.

Dor smitt sik resolut een Fischfro dortwüschen: »Se möten glieks bi de Landwehr utstigen, dor fangt de Middelstroot an!«

De Mann bedankt sik denn ok scheun un stiggt bi de Landwehr ut. As de Stamerbuck nu von den Wagen runner is, dor klemmt sik de Fischfro den annern vor:

»Wäten Se, dat mutt ik Se seggen, to begripen is sowat nich. De Mann hett Se doch ganz ornlich froogt un denn geheurt sik dat in Hamborg so, dat een denn ok een ornliche Antwoort gifft. So sünd wi dat hier in Hamborg gewennt un Se weten doch ganz genau Bescheed. Ik heww Se sülben al faken (oft) noog sehn un weet, dat Se in Hamm wohnt un denn weet Se ok, wo de Middelstroot is, fohrt jo woll jeden Dag dorch! Is dat een Manierlichkeit, keen Utkunft to gäben, wenn een Se heuflich wat frogen deit?«

Dor seggt de anner: »Iiiiik-k wwww-ill mmmm-i wwww-oll ffff-iks wwww-ohrn, dddd-at hhhh-e mmm-i dddd-enn eeee-n aaaa-nt MMMM-ul hhhh-aun dddd-eit.«

Een Professer schreef al öwer teihn Johr 'n dickes Book öwer de olen Germanen ehr Geister un Gnomen. Daröwer weer he ganz biesterig in 'n Kopp bi worrn. De Lüd säden, he süht bi helligen Dag Gespenster, un maaleins, as he een Pogg grepen harr un den sien Pulssläg harr tellen wullt, harr he nahsten de Pogg in de Westentasch steken un de Taschenuhr in 't Water smeten. Dor harr sien Huusarzt ticktacktorisch secht, de Professer müß den Sommer maal gründlich utspannen, un wenn he denn dörchut nich in de Gebirgen wull un ok nich an de Waterkant to bringen weer, denn schull he sik in 'ne stille Gegend up dat Fischangeln smiten: dat beruhig de Nerven un mök klaar in 'n Kopp.

Dat güng würklich loos. He pach sik een Stunn' buten sien Stadt för föfteihn Daler 'n Karpendiek. Dat heet, Karpen weern dor nich in, awer 'n Barg lütte, geele Kruutschen. He schaff sik ok 'n Boot an, leet 'n Steg buen un 'n Pahl mit 'n Schild upstelln:

»Das Angeln und Fischen ist bei 10 Mark Strafe verboten«.

As nu de eerste Kur- un Angeldag rankamen weer, slög he noch een Zeddel an sien Dör:

»Der Professor ist um 5 Uhr zurück«.

As he nu so wied an den Diek rankamen weer, dat he de Schrift up de Tafel lesen kunn, verfehrt he sik bannig, dat dat Angeln un Fischen verbaden weer. He packt sien Angeln gar nich eerst ut, leggt sik een paar Stunn' in dat dröge Reet un geiht denn bilütten to Huus.

De Klock is veer.

As he nu so wied an sien Dör rankamen weer, dat he de Schrift up 'n Zeddel lesen kunn, dat he üm fief wedder to Huus is, sett he sik bet darhen up de Treppenstuuf vör de Huusdör daal: eerst mit den letzten Slag von de Tornklock dreiht he dat Slott apen.

(Nach Ludwig Frahm, zuerst veröffentlicht in »De Eekboom«, 1927.)

»Weest Du, in Schinesien dor giwwt dat allerhand, wat wi hier nich kennt. Guajavaboms un Dattelpalmen un denn 'n Barg Vageltügs. Ganz vagelige Vagels sünd dorbi. Bi de Guajavaboms, dor suus jümmer een son swatten Vagel rum, de seeg jüß so ut as so 'n Kreih. Man een Kreih weer dat nich, ne, dat weer een anner Deert!«

»Weest Du dat ganz wiß, dat he so utsehn hett as 'n Kreih?«

»Jo, dat weet ik! Ganz as so 'n Kreih hett 'e utsehn!«

»Wenn de ganz as een Kreih utsehn hett, denn is dat ok een Kreih wän!«

»Is eben nich! Dat is jo dat Komische an de Saak! He seeg ut as 'n Kreih, weer aber keen Kreih!«

»Snack mi wat vor! Een Kreih is 'n Kreih!«

»Reeg Di nich up!«

»Weetst Du denn öwerhöwt, wo Kreih up schineserisch heeten deit?«

»Ne, dat weet ik nich!«

»Na, denn is de Kreih doch 'n Kreih wän. De heet up schineserisch bloot anners!«

»Verdori jo! Dor heww ik ober ok noch gor nich an dacht!«

Handwarksmeister Kreigenbrink wier ein ollen, ierwürdigen Minschen. Awer sien Söhn, dei mal von sienen Vadder dat Gewarw arwen süll, wier mier för dei Büllung un namm jeden Ogenblick wohr, in de Bäukers to kieken, ok in de Arbeitstied. Vadding Kreigenbrink, dei gegen sienen einzigen Arwen got to weikmäudig wier, künn em dat Schmäukern nich afwennen. As hei awer eis wedder maal den Jung bi 't Lesen andröp un grad hille Tied wier, gaww hei sinen Harten einen Ruck un reep argerlich ut:

»Fritz, mien Söhn, ik will jo nich seggen, dat Du ümmer wat daun sast, awer laat mi doch nich ümmer seihn, wenn Du niks deist.«

»Können Sei mi woll seggen«, frög 'n besapen Kierl morgens früh 'n annern, »ob dat dor baben de Mand oder de Sünn is?«

»Ick, ick – bün – sülwst – hier – frömd«, was de Antwurd.

Vadder tau sien Dochter:

»Ick segg Di Diern, Du kannst friegen, wen Du wist, äwer wenn Du 'n Fritz Niemann nich nimmst, hau ick Di de Knaken in 'n Liew entwei.«

35

Hanning bringt jeden Morgen de frischen Rundstück. An enen Morgen bringt se sien Frau. »Na, wo is denn Se ehr Mann?«

»Ja«, seggt se, »he kann je niks af. Ik heww öwer Nacht Twillings kregen; do hett de Keerl sik so verfeert, dat he to Bedd liggen mutt.«

Dörch de Fischhallen bi'n Fischmarkt in Hamborg geiht 'n Upköper mit sinen Bernhardiner. De snüffelt rum un kümmt an 'n Hummerkorw. Een Hummer warrt je woll bang un knippt sik in sien Snuut fast. De Hund huult fürchterlich up, toowt mit den Hummer af.

»He«, lamentiert de Fischfru, »fläut dinen Köter!«

»Ach wat«, seggt de Upköper, »fläut du dinen Hummer.«

»Min leiw Herr Meyer, wo geiht Sei dat denn? Ick heww Sei so lang nich seihn! Un wat hewwen Sei sick verännert! Ick kenn Sei ja binah nich wedder!«

»Entschuldigung, ich heiße nicht Meyer.«

»Ne, dit is nu doch gediegen. Meyer heiten Sei ok nich mihr!«

Up 'n Frädlänner Raadskeller sitten dei Weert Willem Ruß un sien Bierlieferant Hermann Grüschow tausamen. »Je«, seggt oll Ruß, »mi deit dat recht leed, dat ik di dat seggen möt; mien Gäst, dei schimpen äwer dien Bier. Weck von eer hebben sik al mit dat klätrige Tüg ganz dägern den Magen un den krusen Darm verknackt.« Dor wier äwer dat Kalf in 't Oog slagen, un Grüschow, dei tau dei Lüd hürte, bi dei dei Kopp un dei Been 'n bäten dicht tausamensitten, maakt nu 'n Larm, wo Dode von upwaken künnen.

»Das ist ja unerhört, wie kannst du dir ein so vernichtendes Urteil erlauben? Das bringt mich um jeden Kredit! Das ist eine schwere Geschäftsschädigung!«

»Je«, seggt oll Ruß, dei ümmer ganz ruhig bliwwt, »dei Melodie geit nich anners.« Hermann Grüschow rädt sik nu ümmer düller in Raasch; ümmer ruhig blifft Ruß.

»Diese schwere Beleidigung muß durch ein Duell gesühnt werden«, antwuurt Hermann. »Je«, seggt Ruß, »wenn 't denn nich anners geit, denn helpt dat nich. Ut 'n Fledderfläut is nu maal keen sieden Ünnerbüks tau maken. Ik neem dei Födderung an, segg mi dien Bedingungen.«

»Morgen früh Klock acht, auf dem Anger, Pistolen, zehn Schritt Distanz.«

»Dünnerlüttsching«, seggt oll Ruß, »dat's mi eegentlich 'n bäten dicht bi, un ik heff in mienen Läben twors noch nich ut ne Pistol schaten, ik heff ok gor nich son Ding, äwer ik warr mi fuurtsens von Slösserkorl son Ballerbüss besorgen.« Hermann Grüschow nimmt sienen Hoot un sienen Stock, seggt adjüs un gor niks, störkt ut dei Dör, smitt dei Huusdör, dat 't man so ballert, Willem Ruß geit em na, blifft in dei Huusdör staan un röppt: »Ik warr mi Morrn früh tau rechter Tied infinnen. Süll ik äwersten Punkt Klock acht nich dor sien un 'n bäten späder kamen, denn fang man al an tau scheeten!«

Mit den letzten Isenbaantoog kümmt een »Probenreisender« ut Groten-Berlin. Hei röppt mit sien kodderige Snuut na den Oberkellner. Dei Weert Willem Ruß antwuurdt: »Eenen Oberkellner gifft dat bi mi nich. Ik bün dei Weert un bün mien eegen Oberkellner.«

»So, so«, seggt de Reiseunkel, »dann geben Sie mir mal die Speisekarte.«

»Son Ding hebben wi hier ok nich. Hier wart dat äten, wat up 'n Töller kummt.«

»Traurig, traurig, dann bringen Sie mir mal ein Beefsteak mit Bratkartoffeln.«

»Wo sall ik nu noch midden in dei Nacht 'n Biffstäk herkrigen? Mien Slachter liggt al lang in dei Koje un wegen een Biffstäk kann ik em nich ut 'n Slaap ruterkloppen.«

De Reiseunkel reegt sik nu ümmer meer up, schimpt ümmer luder un seggt:

»Das sind ja Zustände in diesem elenden Nest. Was haben Sie eigentlich? Vielleicht Ochsenzunge in Burgunder?«

»Jawoll«, antwuurdt oll Ruß, »dormit kann ik upwoorn.«

»Na dann man aber 'n bisken dalli«, seggt dei Reiseunkel. Oll Willem Ruß löppt, wat hei kann, kummt ok gliek wedder mit 'n Glas Burgunder un sett em dat up 'n Disch.

»Ich habe Ochsenzunge in Burgunder bestellt«, seggt dei.

»Je«, seggt oll Ruß un wiest up dat Glas, »dor stäken S' Sei Ehr Tung man rinner, denn warr 'k dat woll so richtig drapen hebben.«

Dei olle Mudder les mit lude Stimm sik wat vör.

»Nanu, Mudding, wat maken Sei denn dor?« frög de Nawer.

»Ach, wat heww ich mi verfiert!

Kiken S', ick heww vun min Döchting ut Merika enen Breiw krägen, un wildat ick all so tüdlig bün, möt ick em hier buten lud vörläsen, dormit ick all's hüren kann, wat sei mi to seggen hett.«

(Nach Otto Walter, aus »Dor lach ick öwer«, 1924.)

In Sankt Pauli kummt siet veele Joorn Plünn'höker Harms. He is bannig bequeem, he mookt dat nich so as sien Kollegen un geit von Dör to Dör un froggt, wat dor Plünn' un Knoken sünd. He stellt sik eenfach unnen in 't Treppenhuus hen un bölkt mit den schönsten Barriton: »Plünn' un Knoken?«

Will een wat loos sien, denn roppt he em, un Harms bequeemt sik denn no boben. He warrt denn ober bannig ungemütlich, wenn he mit sien Kundschaft nich eenig warrt.

Fro Schmidt, de in de Jokobstroot fief Treppen hoog woont, roppt em nülich. Harms joogt nu rop un nimmt ümmer twee Stufen togliek. Ganz ut de Puust kummt he boben an. Fro Schmidt mookt de Dör op.

»Hier, Herr Harms«, sä se, »hier is mien lütten Franz«, un wiest op eern dreejöhrigen Aflegger, de förchterlich blarrt, »den ganzen Morgen is he al unoortig west.« Un to Franz: »Hier is de Plünn'höker – wenn du nu nich still büst, stickt he di in 'n Sack.« De Lütt kickt ganz benaut un hollt sik an Mudder eern Rock fast, is ok foorts still.

»Danke scheun«, seggt Fro Schmidt, »ik wull bloot den Lütten mool bang moken«, un sleit em de Dör vor de Nees to.

An de Eck von de Steenenstroot in Hamborg stunn' vor veele Joorn, as de rode Onibus noch foorn dä, 'n Mann mit 'n Hund. Up sien Bost harr he 'n Schild »Blind«, un sien Filax holl ümmer true Wacht bi em. Un jeden Dagg keum een von sien fasten Kunnen un geew em tein Penn'.

Dat harr nu al lange Tied so gohn, bet em de Herr mool ut Versehn foftig Penn' in den Hoot falln leet. De Bettler süht dat un will sik den Kunnen nicht verdarben, he loppt em also no un seggt: »Entschuldigen Se man, ober hüt hebben Se sik versehn«, un hollt em dat Foftigpennstück hen. De fine Herr kickt verdutzt: »Na – hören Sie mal«, un he wiest up dat Schild, »ich denke, Sie sind erblindet!«

»O, je« seggt de Bettler, »ik nich – dat is mien Hund!«

Wenn dei Lüd to di gaud un fründlik sünd, möst du di dat to Harten nähmen un dankbor dorför sin, nich äwer doran rümnörgeln, süs künn di dat licht bigrismulen un di dat so gahn as jen' Dam, dei in dei Lektrische steeg, dei proppenvull wir. Süh dor, 'n eenfachen Arbeetsmann steiht glieks up un bütt dei Dam sinen Platz an, wat dei ok annimmt, ahn sik to bedanken; äwer glieks springt sei wedder up, as harr sei dei Adder bäten, un seggt:

»Ach, wie ist der Platz aber heiß!«

Dor antwurdt dei Mann sihr ruhig:

»Je, min Dam, glöwen S' denn, dat ik 'n Iesbüdel in min Büxen heww?!«

(Nach Otto Walter, aus »Dor lach ick öwer«, 1926.)

Dei olle, hartensgaude Lihrer Marks wir in sin letzt Tid man recht kümmerlich woren, so dat hei dat woll nich mihr lang maken würd. Hei fäuhlt dat sülwen, un as eis oll Kanter Dreyer bi em to Besäuk kem, dunn säd hei tau em:

»Du, Kanting, ick mark dat: mit mi wohrt dat nich mihr lang. Dit Schriwen ward mi all so suer, un ick mücht doch giern minen letzten Willen upsetten. Wist du so gaud sin? Schriw du för mi, ick ward di diktieren!«

Na, Kanter Dreyer ded em natürlich den Gefallen, hei sett't sik taum Schriwen trecht, un Lihrer Marks füng nu an, em to diktiern, wat hei den un jenen todacht hadd. All sine Verwandten un gauden Frünn' kemen ran, jedwerenen vermakt hei wat, un 't würd all 'ne ganz nüdlich Summ, wenn man 't tosamen räken ded.

Kanter Dreyer kem dat äwer doch 'n bäten wunnerbor vör; hei kennt dei Vermögensümstänn' vun sinen Fründ jo doch ok 'n bäten, – du leiwe Gott! 'n Schaullihrer up'n Lann' to jene Tiden – toletzt künn hei 't doch nich hollen, hei dreigt sik üm un fröggt:

»Je, Fründting, segg eis, hest du denn ok so väl?«

Dei anner kickt em an:

»Hebben? Ne, hebben dau ick gornicks; dat is man, dat dei Lüd doch minen gauden Willen seihn.«

(Nach Otto Walter, aus »Dor lach ick öwer«, 1924.)

Hein Fienbrodt hett 1921 keen Arbeit, un weil dat jo ok nich so licht is, wat wedder to kriegen, will he düsse Tied wohrnehmen un sick geistig wiederbilden. Dorum besöcht he ornlich de Volkshochschool un studiert Philosophie.

Neulichst dropt em sien Fründ Fietje Lau op'm Goosmarkt, as Hein mit so'n dickes Book ünnern Arm ut de Beukerhall keum.

»Na, Hein«, freug Fietje em, »wat hest du denn dor for een Schauerroman?« Hein sä: »Dat is Schopenhauer: Die Welt als Wille und Vorstellung!«

»Wat heet denn dat?«

»Fietje, ick gläuw, dor büst du denn doch woll een beten to dumm, dat is nämlich Philosophie!« vertell Hein em.

»Wat deist du denn mit Philosofi«, lacht Fietje luthals op, »wat wullt du mit son Ballast in'n Breegen?«

»O, Fietje«, meen Hein, »dat is doch keen Ballast! De Minsch kann nie genog lehrn, un öberhaupt Philosophie, dat is doch de Keunigin von de ganze Wissenschaft. De Mann, de dit Book schreeben hett, düsse Schopenhauer, weest du, wat de von de Welt seggen deit?«

»Na, watt seggt he den von ehr?« freug Fietje.

»Düsse Schopenhauer, dat weur een bannig klooken Kopp. Un de seggt, de Welt is bloß 'ne Vorstellung in dien'n Kopp. He meent, du stellst di bloß vor, dat dat 'ne Welt geben deit, aber in Wirklichkeit existiert se gor nich. Nee, dor brukst du gor nich öber to lachen, mien lebe Fietje, de existiert ok in Wirklichkeit nich, seggt Schopenhauer.«

»Ober Mann, wenn dat keen Welt geben sall, denn kann dat jo ok gor keen Minschen geben«, meen Fietje Lau.

»Dor hest du recht, in Wirklichkeit giwt dat ok gar keen Minschen, in Wirklichkeit existierst du ok gor nich, seggt Schopenhauer.«

»Wat, ick sull nich existiern?« reup Fietje Lau argerlich öber so'n tüteligen Kram, »dat will ick di bewiesen!« Un he ballert Hein Fienbrodt een an den Dassel, dat dat man so hult un brummt.

»Wat haust du mi denn, du Flotz, du!« jammert Hein un schür sick beide Backen.

»Wer hett di haut?« freug Fietje un meuk een ganz unschuldiges Gesicht.

»Wer mi haut hett, frogst noch? Du hest mi haut, wullst dat noch afstrieden?«

»Ober Mann, goh doch bloß los! Eben vertellst du mi, ick existier gor nich, un denn sall ick di haut hebben«, lacht Fietje, »Minsch, dat weur dien Schopenhauer mit sien Philosofi, de hett di haut, du oles Schoop, du!«

(Nach Wilhelm Friedrich Wroost, aus »Niedersachsenbuch«, Hamburg 1921.)

Auf der Strecke Neubrandenburg–Straßburg gab ein Güterzug anhaltend Signale mit der Dampfpfeife. Als am nächsten Tag einer der Anwohner auf den benachbarten Bahnhof kam und nach der Ursache der Signale fragte, hieß es: »Hei harr keen Woter mihr!«

»Wat mokt hei denn, wenn hei keen Woter het?«

»Na, dat hüren Sei ja, denn fleut't hei.«

»Sagen Sie mal, Herr Wirt! Ist das frischer oder Büchsenspargel?«
»Ja, schmecken Sei dat nich?« fröggt dei Kraugwirt torügg.
»Nein.«
»Na, denn kann Sei dat jo ok ganz glik sin, wat Sei äten.«

(Nach Otto Walter, aus »Dor lach ick öwer«, 1926.)

In'n heiten Sommer kemen drei mäude Burschen in'n Dörpkraug un bestellten sik jeder 'n Glas Bier. As sei dit nu äwer vörsett't kregen, dor hett dat Bier gor keenen Schuum un wir schal un warm. Ierst schimpten sei bannig vör sik hen, toletzt kreeg eener äwer doch Kurasch un säd to'n Kräuger, ob hei nich 'n bäten Ies harr, dat Bier wir so warm. Dor seg dei Wirt sik sinen Gast von unnen bet baben an, as wir hei 'n Wunnerdiert un säd:
»Wat? Ies willen Sei? Ies, jetzt in'n Sommer?«

(Nach Otto Walter, aus »Dor lach ick öwer«, 1926.)

1870 gew gat in de Rostocker Lang'nstrat eenen Gastwirt Block, bi den alle Abend allerhand ihrbare Lüd tauhop kemen, üm 'ne Buddel Beer tau drinken, sick von 't Weder ore de Bodderpris' wat tau vertellen, ore üm Schapskopp un Klewerjan tau spälen, ore üm sick to verpusten. Jeden Abend Klock Säben kemen ok de beiden ihrbaren Börgers un Quartiersslüd Korl Andrees Papenhagen un Gottlieb Dethloff Langschwager, un wenn sei denn ehre langen Pipen anbött hadden un ehr Beer bröcht wir, denn set'ten sei sick beid' an'n Disch, so dat sei sick ankiken kün'n, rokten, keken sick an un dachten nah. Hentau Achten äwer kloppte Korl Andrees Papenhagen de Pip ut un säd: »Je ja, je ja!« worup hei sick denn 'ne nige stoppen, anbrennen un wedder förfötsch nahdenken ded. Schlög denn äwer dei Klock Nägen, so was dei Reig' an Langschwagern, dei 'n grötern Pipenkopp roken ded; hei kloppte nu ok sin Pip ut, kek Papenhagen so recht nahdenklich an un säd: »Je, dat seggen Sei woll!«

Wider äwer säd hei nicks un wider säd ok Papenhagen nicks, bet de oll Klock von'n Jakobitorm Teig'n brummen ded, wo sei sick as gaude Börgers un Husvadders »Gaud' Nacht« seggen deden un still un taufreden tau Hus güngen, denn sei hadden sick hüt doch mal wedder so recht rennlich utspraken.

De Nikolaikirch in Rostock, de hadd jo in ollen Tieden grad son spitzen Tuurn as St. Peter, blots noch 'n beten höger.

Dor eines Dags, grad üm de Middagstied, kümmt 'n gruglichen Storm. De Tuurn kriggt dat Wackeln, un perdang reist he mit hühn un perdühn von baben dal. Jungedi, wat 'ne Upregung in de Stadt! De Stadtdener kümmt bi den Burmeister rintostörten, de grad bi 'n Ahntenbraden sitt.

»Herr Burmeister, Herr Burmeister, de Nikolaikirchtuurn föllt üm!«

»Kann ick em hollen?« seggt ruhig de Burmeister un snitt sick de tweete Kühl ut de Ahnt.

»Wo gehürst Du denn hen?«
»Ick gehür nah Rostock.«
»Wegen wat deist Du denn de Sweriner Zeitung lesen? Dei geiht Di ja gor nix an!«

In einer Instruktionsstunde fragt der Unteroffizier: »Was muß derjenige sein, dem eine militärische Leichenparade zusteht?«
»Dod möt hei sin«, antwortet der Rekrut.

't wir in'n letzten Krieg, dor geiht 'n arm Invalid, den dei Franzosen den linkschen Arm wegschaten hewwen, up dei lange Strat in Griepswold, as hei 'n ollen Bekannten dröppt, dei sik to dat Wedderseihn sihr freugt. Up eis würr dei äwer gewohr, dat dei anner 'n Krüppel worren wir, hei verfihrt sik bannig un röppt:

»Gott, du bewohr mi! Minsch! Du hest jo 'n Arm verluren!«

Dor kickt dei Invalid up sinen linkschen Rockärmel, as wir em dat Niegst mellt worren, un seggt ganz drög:

»Dunnerlüchting! Jo, du hest recht!«

(Nach Otto Walter, aus »Dor lach ick öwer«, 1926.)

Kaiser Wilhelm I. wull na Hamborg kamen. De Stroten stunnen vull Minschen. Dat duer bannig lang, bet he köm, de Kaiser. De Lüd würrn al ungedüllig. Un een Arbeidsmann vun 'n Hoben de sä to sinen Nober:

»Nu täuw ik hier al 'n Stunn', un de verdreite Keerl kummt nich!«

Foorts kloppt em een Konstabler op de Schuller un seggt:
»Sie, wen meinen Sie damit?«

De Arbeidsmann kickt em drög an un seggt:

»Och, ik meen man minen Broder, ober«, seggt he drang un eernst, »wen meenen Se denn!?«

Hein sall för hunnert Mark lütt Geld halen, för hunnert Mark Markstücken. He is dor nu bi un tellt un tellt. Bi söbentig is em de Kram öber. »... dreeunsöbentig«, seggt he, »na ... wat sall ick nu noch wiedertellen! Wenn dat so wiet stimmt hett, denn ward dat anner ok woll stimmen.«

Jochen Peemöller is krank, dat geiht em heel leeg. Dor sett sien Swester sick up de Bahn un föhrt hen nah em – he is jo so alleen in de Stadt.
»Worüm hest dinen Mann nich mitbröcht?« frögt Jochen.
»Och«, seggt sien Swester, »he kann nich afkamen; wi sünd jo meren in de Aust. Wi hebbt afmakt: he kümmt denn to din Gräffnis.«

Schoster Liermann bringt morgens Stebel noh sien Kunden.
»Wat is denn dat?« seggt Koopmann Rohde. »Se bringen mi jo eenen swatten un eenen brunen!«
»Na, dat verstoh ick nich«, segt de Schoster, »ick bün jo woll rein verhext! Dat hett mi Slachter Sommer hüt morgen ok al segt!«

»Mit de Rotten«, seggt Hinnerk, »is dat rein to dull. Wi hebbt so veel von dat Aastüüch, de freet uns allens to Schannen.«
»So?« meent sien Naber Willem. »Wi hebbt gar keen Rotten.«
»Dat kann ja woll nich angahn«, seggt Hinnerk, »wo dat dar so veel von geben deit.«
»Wat ik di segg: wi hebbt keen.« In den Ogenblick kaamt op de anner Siet von de Straat ut Willem sien Huusdöör – de hett apen stahn – dar kaamt twee Rotten öber den Süll.
»Minsch, Willem!« röppt Hinnerk. »Dar, kiek mal dar – ik denk, ji hebbt keen Rotten?«
Willem kickt dar hen na de Rotten. »Och, de?« seggt he, »dat sünd nich uns!«

»Wenn ji mit dat Geld nich utkomt, denn mußt du din Fro mol 'n beten Bescheed seggen: ji möt nu sporen.«
»Heff ik all.«
»Na – un nu?«
»Ik drink nich mehr, un smeuken do ik ok nich mehr.«

En Jung kümmt bi 'n Kopmann un seggt:
»Gäben S' mi 'n Klacks Botter för 'n Schilling, nich to wenig un got breet up 'n Töller voneen: mien Swester ehr Brutmann is to Besök kamen!«

Bi Krischon Semmelhack in de Weertschaft sitt Odje Meng, Ottl Schulz un Rudl Hoffmann bi'n stiwen Grock un simmeleert öwer de Seelenwanderung un könt dor so recht keenen Klook in finnen, dat Minschen dor noch an gleuwt. Odje meent:

»Wat nu 'n ganzen Sünner is, de kummt denn no sinen Dood woll as Kakerlatsche wedder op de Welt.«

»Je«, seggt Ottl, »dat is jo ganz good un scheun, denn kaam ik villicht noch as Kameel op de Welt.«

»Nee, dat gleuw ik nich«, mischt sik de Weert Semmelhack in, ›keen Minsch kummt tweemool as dat sülwig op de Welt.«

Dat Hart sitt bi Fietje up den richtigen Placken. He is jümmers kandidel un fidel, trotz sien twölf Kinner. Neelichs kummt he in een Uploop rin. Een Jung von so dree bit veer Johr harr sik verlopen. Dor meen Fietje to de Frugenslüd, de den Lütten utfrogen:

»Kann doch man een von Jo den lütten Krabauter mit no Huus nemen un em wat to eten gäben. De Ollern warrt sik mit de Tied woll finnen.«

»Bi düsse slechten Tieden geit dat slecht an!«

»Denn is dat nu ganz egool«, seggt Fietje, »wo twölf wat to äten kriegt, dor ward for den ok noch wat öber sien.«

De Lütt leet sien Blarrn un pett mit Fietje los. As se no Huus kommt, seggt he to sien Ollsch:

»Kiek den lütten Heini mool an, giww em 'n bäten wat to äten, bit dat sik de Ollern findt.«

De Fru kickt em an un kickt den Jung an un schüddelt mit den Kopp:

»Heini nennst du den?

Dat is uns lütt Tedje, de is mi mool wedder utneit!«

»Du, hest' dat all hürt«, vertellt de Mann sin Fru, »wat dat Kameel is, wat hier up'n Pingstmarkt 'rümmeledd ward, dat kann acht Dag' arbeit'n, ahn tau supen.«

»Ach«, seggt sin Fru un kek ehren Mann so von de Sid an, »dat is gor nix! Ick kenn' en Kameel, dat kann acht Dag' supen, ahn tau arbeit'n!«

»Sagen Sie mal, mein Lieber, sind in dieser Stadt auch große Männer geboren?«

»Nee, ümmer blots lütt Kinner.«

»Leew Mann, kannst du di denn nich ok mal ens 'n Ogenblick mit mi afgäben? Du sittst blot ümmer an 'n Schriwdisch un schriffst oder läst. Ich wull, ick wir 'n Book, denn harr ick mihr von di.«

»Un ick wull, du wirst 'n Klenner, denn wirst du doch alle Johr nie!«

»Nu segg blos mal, Miken, wat deist du mi raden? Fritz will mi hewwen un Korl ok. Un liden mag ick s' alle beid glik girn! Wecken sall ick nu nehmen?«

»Je, Anning, denn mötst du 't utloosen!«

»Twischen de beiden?«

»Nee, twischen uns! Mi geiht dat jo grad so as di!«

Ein Mann war böse mit seiner Frau, wie das ja vorkommt, der Mann schmollte und nahm sich vor, eine lange Zeit nicht mit ihr zu reden.

Tage vergingen.

Eines Abends nahm die Frau eine Kerze und leuchtete in alle Winkel und Ecken, rückte Stühle und Schränke beiseite und sah dahinter. Da verlor der Mann die Geduld und fragte:

»Wat söchst du?«

»Din Sprak, de di afhannen kamen is, de ik nu jo äwer bi di wedder funnen heww.«

De ole Fru geiht mit eer Hörrohr mool in 't Theoter. As se an eern Platz gohn will, kickt de Keerl, de de Plätz anwisen deit, dat Hörrohr an un denn seggt he: »Ringohn könt Se dor geern mit. Ober eenen Ton – denn sünd Se buten.«

Der Buchhalter sagt zu seinem Chef: »Ick bün eben op'n Loger west, dor hett de Arbeiter Jonny Meyer to mi seggt: ›Se könt mi fix an'n Moors klei'n!‹ Wat sall ick nu moken?«

»Tje«, sagt der Chef, »wenn ick Se wat seggen sall: don Se dat lewer nich!«

Die gnädige Frau ist verreist gewesen, ihr Papagei blieb in der Obhut des Mädchens. Als sie nach vier Wochen wieder heimkehrt, läuft sie sofort ins Zimmer zum Vogelkäfig:

»Oh, Lorchen«, sagt sie, »mein armes Lorchen, wie geht es dir denn? Freust du dich, daß Frauchen wieder da ist?«

Der Papagei sieht sie an.

»Sagst du denn gar nichts, Lorchen? Sag mir doch mal Guten Morgen!«

»Klei' di an'n Moors!« quäkt der Papagei.

»Anna«, empört sich die gnädige Frau, »Anna, wie kommt das Tier zu solchen schlimmen Redensarten?«

»Dat weet ick nich«, sagt Anna, »dat mutt he sick utdacht hemm!«

Eine ziemlich beleibte Frau schickte ihre Magd auf den Markt, um eine fette Gans einzukaufen. Die Magd kam aber mit einer ziemlich mageren zurück und entschuldigte sich damit, es sei keine fette aufzutreiben gewesen. Die Frau rief entrüstet aus:

»Worüm is denn ümmer 'ne fette Gaus up 'n Mark, wenn ick sülben gah?«

»Nein, so was, wie riecht es hier! Wieder die Milch? Habe ich Ihnen nicht gesagt, Sie sollen aufpassen, wenn die Milch kocht?«

»Dat heff ick ok makt«, sagt das Mädchen, »dei Klock wier genau teihn Minuten vör twölf.«

»Na«, seggt de Amtsrichter to den Tügen, »nu legen Sie mal los!«

»Jä«, seggt de, »ick denk, legen sall ick hier nich?«

Een Deew stünn vör Gericht. Leigen künn em nicks helpen, dorüm giwwt hei den Richter ok den Deewstahl to.

»Na, dat 's recht, dat Sei sik nich ierst up 't Striden leggen, sünnern gestännig sünd, denn känen wi jo dei Sak kort maken. Hewwen Sei süs noch wat to Ehre Entschülligung to seggen?«

»Je, ick will nu schwören!«

»Wat willen Sei? Schwören? Sei gäwen dei Sak jo to!«

»Je, dat dau ick woll, äwer nu will 'k mi vun afschwören.«

(Nach Otto Walter, aus »Dor lach ick öwer«, 1924.)

»Herr Afkat, ik will von minen Mann af.«

»Wat hett he denn doon?«

»Wat sall he doon hebben?«

»Na, dor mutt doch wat nich in de Reeg sien. Supt he woll?«

»Supen? Mien Mann un supen!? Nee, so wat deit mien Mann nich.«

»Arbeidt he nich?«

»Mein Mann arbeidt sik noch rein dood.«

»Is he denn tru?«

»Jä, Herr Afkat, dor könt wi em mit krigen. Dat letzte Gör is nich von em.«

»Wie konnte es denn kommen, daß Ihnen der Arrestant unterwegs wieder weglief? Das ist denn doch ein dolles Stück!« snöw de Burmeister sinen Polizeideiner an. »Je, Herr Burmeister, nehmen S' nich äwel, dor kann ick ok nich vör. As wi beid' den Fautstieg lang güngen dörch de Rempliner Koppel, dunn kem dor 'n wütigen Bullen up uns los, un dunn is hei stahn blewen.«

Der Richter fragt bei der Vernehmung einen Zeugen: »Sie arbeiten in der Nähe des Platzes, wo die Schlägerei stattfand. Wie weit waren Sie von den sich Schlagenden entfernt?«

»Dat wieren teigen Meter sößunföftig Komma söß Zentimeter!« sagt Zimmermann Möller.

Der Richter: »Woher wissen Sie das nach so langer Zeit so genau?«

»Ick heff dat furts utmäten. Ick heff mi glick dacht, dat de Kierls up 't Gericht einen nahst nah jeden Quark fragen wöden.«

»Haben Sie das Halstuch gestohlen, Angeklagter?« fröcht de Richter un kickt den Deef scharp an.

»Herr Richter, kiken S' mi nich so an! Se soelen Recht spräken – ohne Ansehn der Person!«

Der Angeklagte wird in den Gerichtssaal geführt. Als er sieht, daß der Richter und die Beisitzer sehr jung sind, sagt er zu seinem Verteidiger:
»Na, wenn dat hüt man god geiht!«
»Wieso?«
»Je, kieken Se sick doch mol den Gerichtshof an, dat is dat reinste Jüngste Gericht.«

»Nimm di in acht oder ik freet di«, sä' de Hahn ton Regenworm.
»Hett nix to seggen«, sä' de Worm un kroop achter wedder rut.
»Ik will di woll krigen«, sä' de Hahn, freet em to'n tweeten Maal un stell sik mit'n Achtersten an de Wand. »Noch is nich aller Tage Abend«, sä' de Regenworm un kröp ut'n Snabel wedder rut. »Du schaßt dor doch an glöwen«, sä' de Hahn, freet em to'n drüdden Maal, steek sik den Snabel in'n Achtersten un sä': »Nu köp di man'n Rundreisebilljett!«

»Du, hest al heurt, de Oll is in de Irrenanstalt komen, de Mann hett 'n Lütten op de Luuk!«
»Minsch, dat weur dat Vernünftigste, wat he don kunn!«

... mi kenn' s' hier jo all'!

Als der Pastor den Bauern fragt, ob er Luther kenne, sagt der Bauer:

»Luther – nee – kenn ik nich; äwer he ward mi woll kennen! Mi kenn' s' hier jo all'!«

Die Frau eines alten Bauern ist gestorben. Mitleidig erkundigt man sich nach ihrer letzten Lebensstunde, und der Kirchbauer erzählt:

»Ja, ehren Mund hadd sei bet toletzt noch ümmer an de richtig Städ'. As dat mit ehr to End' güng, frög ick ehr noch mal: Moder, kennst du mi noch? Dunn dreihte sei sick üm un säd as in ehr gesunnen Dagen: Ach wat, gah weg, du Doesbaddel!«

Einem Tagelöhner war die einzige Kuh und gleichzeitig seine Frau gestorben. Bei dem Begräbnis der langjährigen Lebensgefährtin hörte man ihn tiefbewegt schluchzen. Freunde versuchten nach Kräften, Trost zu spenden.

»Oh, oh, oh«, jammerte jener unter Tränen, »'ne Fru krig ick sacht wedder, äwer de Kauh, de Kauh ...«

»Mann«, seggt de Buer, »ick heff ok tovӓl Pech in min'n Lӓben. Kiek mal, ick dröm hüt Nacht, ick wier dot, un de lebe Herrgott, de seggt tau mi, du kannst noch 'n Wunsch utspräken, wat müchst woll hebben? Ick segg denn jo sihr höflich, denn lat mi man noch enen schönen Grog tokamen. Gewiß, seggt de Herrgott, wenn du em kolt hebben wißt, kannst em gliek kriegen, oewer 'n heeten Grog, den möten wi ierst von den foeften Himmel halen. Ick wull oewer leiwer ein'n heiten Grogg hebben. So sitt ick un töw un freu mi up den Grog. Dor fohrt min Olsch mi in de Rippen un seggt, Korl, stah up un rop de Knechts taun Fodern. Mann, harr ick doch blots den kollen Grog nahmen, denn harr ick doch wat hatt!«

1807 kemen Franzosen ok in de Dörper, wecke an'n Rand von de Rostocker Heid' liggen doon. Se wiren gor nich so lang dor, oewer ümmer all lang' noog, dat sick weck Dierns in de frömden Soldaten verkiken deden, un nah'n Dreivierteljohr keem denn ok richtig ein mit'n lütt Andenken to sitten.

»Dat wier jo all noch gor nich so slimm«, säd' de Grotmudder, »oewer wo sall 't warden, wenn he nu ihrst an to snacken fangt un nüms kann em verstahn.«

De Buer is twee Dag' to Stadt west. As he nu wedder trüchkümmt, halt Jehann em mit'n Wagen vun'n Bahnhoff af.

»Na, Jehann«, seggt de Buer, »wat gifft 't Niechs?«

»Oh«, seggt Jehann, »Niechs gifft 't nich.«

»Is bi ju gornicks passiert, as ick weg weer?«

»Ne, passiert is dar nicks.«

»Och wat, Jehann, dar passiert doch ümmer wat op'n Hoff. Schull dar nu in de Dag' gornicks passiert sien?«

»Ne, passiert is nicks.«

»Denk mal'n beten nah, Jehann! In twee Dag', dar kann doch allerhand passiern. Vertell mi doch mal wat!«

»Jä«, seggt Jehann, »wat kann dar denn passiert hebben? ... Och, so, ja, Korl hett sien brun Metz afbraken.«

»Na, dat is je nich veel. Wo hett he dat denn bi afbraken?«

»He hett dar 'n Peerd dodsteken, dar is dat bi afbraken.«

»Wat denn? Wat hett he? Wat för 'n Peerd denn?«

»Ja, unsen swarten Hingst, denn hett he dodsteken.«

»Jehann! Minsch! Büst du des Deubels. Unsen swarten Hingst? Worüm dat denn?«

»De harr sick je 'n Been braken.«

»De harr sick 'n Been braken? Wo dat denn bi?«

»Bi 't Waterföhren.«

»Wat hebbt ji denn för Water to föhren?«

»Nah dat Füer, wi mößt ja löschen.«

»Füer?? Wat för Füer, Jehann? Vertell doch mal ornlich!«

»Jä, de Schün is je doch afbrennt ...«

»De Schün is afbrennt?! Dat vertellst du mi nu erst?! Un denn seggst du Schapskopp, dor is nicks passiert?!«

»Ne, passiert is dor ok nicks. Dit sünd all' Loegen. Se wull'n ja, ick schull Se 'n beten wat vertellen.«

(Nach Fritz Specht)

Een Buer geiht in Hamborg de Straat lang, dor sitt dar en Snurrer un söcht sik de Lüs af.

»Na«, seggt de Buer, »wat söchst du dar denn?«

»Ik sök nix«, seggt de Snurrer, »ik smiet wat weg.«

De Buer mutt lachen, un as he en lütt Enn' wider lang gahn is, dor sitt dar noch en Snurrer, de luust sik ok.

»Na«, seggt de Buer, »wat söchst du dar denn?«

»Ik sök Lüs«, seggt de Snurrer.

»So«, seggt de Buer, »denn gah man en beten wider lang, dar sitt een, de smitt wölk weg.«

Ein Bur keem mit sienen Jung tau'n iersten Mal in de Grotstadt. O, wat wunnerwarkt de Lütt oewer de välen groten Hüser!

»Du, Vadder«, seggt he, »wahnen dor baben ok noch Lüd?«

»Ja, mien Soehn.«

»Du, denn wahnen de jo all ein up'n anner!«

»Ja, dat daun se ok!«

»Wat'n Krabbelei! Hebben de denn gor nich so'n Hof as wi?«

»Nee, dat's blot Steinplaster un luder Ecken. Meßfaalt hebben se ok nich.«

»Hebben se denn ok kein Veih un kein Fell'n un kein Schünen un kein Aaft?«

»Nee, Jung, dat bruken de Oort Lüd all nich!«

»Je, Vadder, wovon läben se denn?«

»O, mien Soehn, dat will ick di seggen: dor führt ümmer ein den annern an!«

Ein alter Bauer in der Stadt beim Fotografen.

»Was steht zu Diensten?« fragt dieser.

»Je«, sagt der Alte, »ik wull mi afnehmen laten.«

»Brustbild oder Kniestück oder ganze Figur?«

»Je, mien leiw Herr«, erwidert der Bauer ganz bestürzt über diese Fülle von Möglichkeiten, »dat sall mi süß glik sin, – man blot, en beten wat von 'n Kopp möt doch ok woll mit upkamen!«

En Buer hett in de Stadt sinen Schirm vergäten. He fix wedder trügg un fröggt nu in alle Gastwirtschaften un Krög' nah, wur he sick uphollen hett. He fröggt in de ierste, in de tweete un drüdde, narends en Spur von dat Stück Möbel. Endlich in de vierte hett he Glück, de Schirm steiht dor noch ganz god towäg'. De Buer freut sick, drinkt noch eenen Lütten un seggt to den Wirt: Ji hier sünd doch väl ihrlicher as de in de dree annern Kneipen.

Ein altes mecklenburger Ehepaar hat nach jahrelangem Schaffen und Arbeiten, das ihnen kaum das tägliche Brot brachte, ein Achtel von einem namhaften Gewinn in der Lotterie gewonnen. Nun sind sie fest entschlossen, auch einmal ihr Leben zu genießen, und Berlin, das Endziel aller kleinstädtischen norddeutschen Wünsche, soll ihnen diesen Genuß gewähren. Nachbarn haben zwar bedächtig und voller Sorge den Kopf geschüttelt und gemeint, für so einfache alte Leute sei das schlimme Berlin eine reine Mördergrube. Vadder aber meint nur: »Ick war mit dei Verbräkers woll fardig.«

Auch ein zufällig anwesender Berliner Konfektionsreisender warnt: »Vor allen Dingen hüten Sie sich vor Leuten, die Sie glauben machen wollen, Sie zu kennen.«

Die alten Leute reisen ab.

In Wittenberge begeht Vadder die Unvorsichtigkeit, den Zug zu verlassen, um ein Bier zu trinken. Trotz Mudders Wehklagen fährt der Zug ohne ihn ab. Der Stationsvorsteher ist ein liebenswürdiger Mann, er rät, ein Zuschlagsbillet zu nehmen und mit dem Expreßzug zu fahren, so würde er noch eine halbe Stunde früher in Berlin ankommen als seine Frau.

Gesagt, getan. In Berlin erwartet er seine Alte. Der Bummelzug kommt. Mudder steigt aus, ihr Mann eilt ihr entgegen.

»Na, nu kumm man, Mudder, giw mi dei Handtasch.«

Mudder aber hält krampfhaft die Handtasche fest, fixiert das Ehegesponst verwundert von oben bis unten, dann schreit sie los:

»Dei verdammten Berliner Spitzbauben, wo dei sick verstellen känen. Wenn ick nu nich wahr un wahrhaftig wüß, dat min Oll in Wittenberge sitten bläben is, denn kunn ick swören, dat hei dit wär.«

In de Post-Kutsch sitten alleen twei öllerhaftige Herrens, un dor de ein giern 'n beten klaenen wull, wiest' hei up 'n Feld un seggt denn jo tau den annern:

»Hier steiht de Kohl äwer gaud!«

De anner kickt ut dat Finster, antwurt kein Sylw un smökt sien Piep mit Andacht wieder. De ein argert sick nich slecht, redt' ok nicks mihr un pafft sienen Glimmstengel sacht vör sick hen.

De Fohrt geiht so woll 'n drei Stundn lang wieder. Dor mit 'n Mal dreiht sick de anner tau sien Reis'kumpan rümme, wiest mit sien Piep oewer sien Schuller dörch dat Finster up 'n schönes Kohlfeld un seggt:

»Hier äwer ok!«

En Buer müß maal na Hamborg reisen. Sien Fru gew em ok 'n lütten Buddel Köm mit, den se fein in Poppier inwickelt harr. Dorbi sä se:

»Äwer dat du mi dor nich bi geihst, eh dat du in Ollslo büst. Sünst hest achterher niks meer un versüppst wedder soveel Geld.«

He weer noch nich ut Meckelborg rut, do kreeg he so 'n Ketteln in de Keel. Langsam lang he sik den Buddel her. He füng al an un dreih an den Proppen, do kreeg he ganz grote Ogen. Up den Buddel stünn, he kenn de Handschrift: »Is hier al Ollslo?«

Bur Helms ut Stresow un sin Nahwer Holst führen in dei Iserbahn tausamen taun Pird'mark in Anklam. In Züssow stiggt 'n Winreisende »vom Hause Gustav Bartens« tau ehr in. Knapp dat hei sitt, fängt hei tau zackerellen an:

»Na, geiht Sei dat nu wedder beter, Herr Melms? Sei sünd doch tau krank west! Un Ehr leiw Fru is Sei äwer Harwst an 'n hitzig Fewer storben! O, wat wir dat 'ne prächtge Fru! – Un denn dat Unglück mit dat Für, Herr Melms! Un all Ehr schönes Veih, dat Sei verbrennt is! Dat wir jo noch slimmer as dei grot Hagelslag in 'n Maimand, för den Sei doch 'n Deil Versekrung kregen hebben! Un denn dat Mallür mit Ehren Öllsten, dei sik dat Gnick afschaten hett, as hei von 'n Boen föll! – Dat deit mi uk tau led, leiw Melmsing! So vel Unglück in ein Johr! Na, behollen S' man den Kopp baben un bliben S' gesund! Öwer nu möt ik utstigen, – wi sünd jo al in Brünzow anlangt – guten Morgen, meine Herren!«

Dormit stiggt hei ut.

»Mein Gott, Melms«, seggt Bur Holst, »wat heit dit? Wat red't dei Mann all för 'n Snack! Du heitst jo gor nich Melms! Un du büst doch nich krank west? Un din Fru sall storben sin? Ik heff ehr jo noch gistern seihn! Un wat wir dat all för Quatscheri von Für un Veihstarben un Hagelweder un Gnickafscheiten? Dat is jo all nich wohr! Un du seggst nich swatt noch witt dortau? Lettst den Kirl druplos leegen, as wenn hei dorför betahlt kreg!«

»Je«, seggt Vadder Helms bedächtig, »ik bün nich för Strit.«

Bur Pahlzow harr 'n Söhn, dei in Griepswold Medezin studiert, un dei Oll glöwt, dat dei Jung nu negstens Dokter warden müßt. Dit harr äwer noch gaud Wiel, un as Leonhard wedder üm Geld an sinen Vadding schriwwt, will sik Bur Pahlzow mit eegen Ogen öwertügen, wurans dei Jung so veel Geld bruken deit. Hei sett't sik also up dei Iserbahn un geiht vun 'n Bahnhoff glieks to sinen Söhn, dei öwer 'n Hümpel Bäuker sitt un liert, dat em dei Kopp as 'n oll Backaben rokt; (orrer kem dat vun sin Piep, dei hei tüschen dei Tähnen höl?).

»Na, Leonharding! Wur is dat nu?« fröggt dei Oll: »Wurans brukst du all wedder Geld? Glöwst du, ick harr dat schäpelwies liggen?«

»Je, Vadding!« seggt dei Söhn: »Dat Studium is sihr dür. Kik blot dei veelen Bäuker dor, dei ick all bruk, un denn dei Vörläsungen bi dei Professings för Chemie, Zoologie un Botanik, Physik un Physiologie. Na un denn kümmt noch Anatomie −«

»Oh, du Schwinegel!« unnerbreckt em dei Oll, »dat will ick di woll glöwen, dat dat Geld kosten deit, wenn Anna to di kümmt!«

(Nach Otto Walter, aus »Dor lach ick öwer«, 1926.)

Nah Stralsund kem eis 'n Reisender ut Berlin, un sünd dei Berliner an sik all backsig, dei reisenden Koplüd hebben dei Grotnäsigkeit noch extra in Pacht nahmen. So ok in dissen Fall, wur dei Hiringsbänniger upstäds sik doröwer uphöl, dat an'n Bahnhoff keen Autos wiren un dat hei nu mit 'ne Kutsch führen süll.

»Na«, säd hei toletzt argerlik to'n Droschkenkutscher, »dann muß ick eben mit 'ner Mistfuhre vorlieb nehmen!« un dormit steeg hei in'n Wagen rinner.

Dei Kutscher nehm nu in Rauh sin Pierd dei Deck af, leggt sei tosamen un up'n Kutschbuck, klabastert sachting sülwst rup un bliwwt dor baben sitten, ahn dat hei 'n Wurd seggt.

»Heda, Kutscher!« schriggt dor dei Fohrgast lud: »Wat soll denn dat heißen?! Warum fahren Sie denn mit Ihrer ollen Kracke nich los?«

»Je, Herr!« wir dei Antwurd, »Sei hebben mit jo noch gornich seggt, wur ick den Meß afladen sall.«

(Nach Otto Walter, aus »Dor lach ick öwer«, 1926.)

Suhrbier steiht op de Dörpstrat. Dor kümmt dor'n Auto antorüschen, hölt batz vör em still. De Kirl makt de Dör apen.

»He, Sie!« röpt he. »Können Sie mir sagen, wie es hier heißt?«

»Ja«, seggt Suhrbier. »Hier heet dat: Goden Dag!«

Scheper Kantig wier bether noch nich mit dei Iserbahn führt, wil em so lang' ümmer dorför grugt hadd. Aewer mal ens böd sick dei Gelegenheit doch. Hei geiht denn ran nah 'n Schalter un föddert 'n Billjet.

»Welche Klasse?« frögt de Schaltermann.

»Dat 's igal«, seggt Kantig, »maken S' 't man blos recht billig.«

»Also vierte! Und wohin?«

»Nah Warnow. Ick sall dor för minen Herrn en Merinobuck köpen.«

»Hier – sechzig Pfennige.«

»Dunnernarr'n«, fohrt dei Oll trügg, »is dat nich en beten väl? Dauhn S' dat man en beten billiger.«

»Gehandelt wird hier nicht!«

»Na, so laten S' doch mit sick reden; ick gew Sei föftig ...«

Bautz! Dei Schalter klappt tau.

»Na, denn nich«, seggt Kantig, »denn gah 'ck tau Faut.«

Hei geiht nu an'n Bahndamm lang un schellt ümmer vör sick weg. Glik dorup führt dei Tog in un as Kantig den Pfiff von dei Lokomotiv hürt, dunn dreiht hei sick üm un seggt: »Je süh kik: Nu is 't em led, nu fläut't hei mi!«

»Dat sünd sihr nette Lüd sowiet«, sagte der alte Mann über seine neuen Nachbarn, »man blot, sei hebben mi nicks vörsett' als Melk. Weitst Du, ik heff nicks gegen Melk, Melk is 'n sihr schönes Gedränk, man blot – man kann sik dorbi nicks vertellen!«

»Sei seggen, Ehr Veih hadd eben so veel Verstand, as manche Minsch. Dat is doch man en Snack. Wo will'n Sei dat bewiesen?«

»Ne, dat is kein Snack. Denn seggen Sei mi mal, worüm geiht min Oss' rechtsch, wenn ick ›Hott!‹ ropen dau, un worüm linksch, wenn ick ›Hüah!‹ ropen dau?«

»Wo kann ick dat weiten!«

»Ja, dat is dat ja grad, wat ick seggen dau: Sei weiten dat nich, un de Oss', de weit dat!«

As de Buer in'n Gasthus sien Zech betahlen wull, seggt de Kellner to em:

»Und dann stehn hier auch noch immer zwei Glas Bier vom letzten Sommer!«

»O, de geiten S' man weg!« seggt he, steckt sien Geld in un geiht af.

»Dat is würklich beter, dat Sei sick bi uns versichern däden. Denken Sei mal blos, wenn Sei afbrennten!«

»Nee, ick will 't man laten. Dat oll Brennen, dat kümmt doch blos von de oll'n Versicherungskassen her. Wo keiner versichert is, dor brennt dat man sihr selten. Dor känen S' sick up verlaten. Ick kenn dat.«

»Also, wat sall dit Pierd kosten?«
    »Dusend Mark!«
    »So, un dat anner hier?«
    »Achteihnhunnert Mark!«
    »Wieso denn? Dor find' ick eigentlich gor keenen Ünnerscheed!«
    »Wat? Keenen Ünnerscheed twischen dusend un achteihnhunnert? Mein Gott, wat möten Sei för Geld hewwen!«

Dat wier in de oll Tied, un wi seten bi 'n Abendschoppen. Dunn stünn de jung' Lihrer up un säd: »Herrschaften, nu makt jug fardig. Wi möten hüt abend noch alltauhop nah Tressow, dor is hüt abend Füer!«

»Wat is dor? Füer? Woher willen Sei dat weiten?«

»Min Schauljungens säden mi hüt nahmiddag: hüt abend is bi uns Füer, Klock nägen geiht 't los!«

Na, dat hülp.

Wi also los, un as wi unsen Intog in Tressow hollen deden, dunn slög de Tormuhr nägen, un up 'n Klockenslag güng dat Füer in 'n Kattengang hoch. Dat hadd allens sin' Richtigkeit, un den ollen Strohkaten wir dat ok woll ganz recht. Hei hadd lang' naug stahn. Nu sackte hei so eben in de Huk un brennte eben un sinnig vör sick hen.

»Wovon mag dat Füer denn woll upkamen sin?« fröggt' een von uns. De Daglöhner spuckt ut: »Upkamen sin? Ja, dat hett in uns' Gegend jo all öfter brennt, un nu willen de infahmigten Füerversicherungen alle Strohkatens strieken. Annerswo kriegen de Lüd dat nich mihr versichert, de ollen Kabachen dägen jo nicks mihr. Wat sälen sei nahst maken, wenn 't von sülben brennt? Bi dit oll Gestell wir 't all hoge Tied, sin Versicherung löp man blot noch en por Dag!«

Up 't anner Dörpenn gew 't mit 'n mal groten Larm mit vel Schimpen un Strieden. Wi natürlich hen! Dunn wir de Seedörper Füerwehr mit ehr Sprütt kamen un wull löschen helpen. Äwer de Tressower leden dat nich; sei hadden Wagenrungen un Tunpahls in de Fust. Weck hadden ok ehr Messers trocken un wullen den Schlauch dörchsniden. De Seedörper äwer wullen sick de Löschprämie nich entgahn laten. Tauletzt blewen de Inheimischen Sieger, un as de Seedörper mit ehr Sprütt aftröken, dunn röpen sei ehr nah: »Dit is uns' eigen Füer, un dor hebben kein frömd Snösels wat bi tau säuken!«

Dormit güngen sei nah 'n Kraug un löschten dor dat Füer un begöten ehren Sieg.

Buer Schütt un Buer Börger begegnen sick mit Perd un Wagen op de Landstrat. In'n Vörbiföhren röppt Schütt:
»Du, Börger, mien en Perd is krank; hett Kolik.«
»Kolik?« seggt Börger. »Hett mien ok hatt.«
»Prr!« seggt Schütt un hölt still. »Wat hest em denn geben?«
»Terpentin heff ick em geben.«
»So, Terpentin? Hü!« seggt Schütt. –
Acht Dag naher begegent se sick wedder op de Landstrat.
»Du, Börger«, röppt Schütt, »mien Perd is dotbleben nah dat Terpentin.«
»Mien ok«, seggt Börger.

De oll Mann müßt sien Buerstäd verköpen. As hei nu up dat Grundbaukamt sienen Namen unnerschreben hett, seggt de Amtsrichter tau em: »Herr Meyer, ick seih hier allerwegens in de Akten Ehren Namen mit ›y‹. Sei hewwen jo äwer Ehren Namen mit ›i‹ schreben. Wur kümmt dat?«

»Dat will ick Sei verkloren, Herr Amtsrichter«, seggt Meyer, »dat ward woll so stimmen mit dat ›y‹. Äwer wo ick früher tau School gahn bün, dor sünd wi mit dat ABC nich ganz bet an dat Swanzend henkamen!«

Wat de Buer Swart is, de het up de Utstellung 'n Zeegenbuck wunnen. Stolt un vergnögt treckt he mit em de Landstraat lang na Huus. Kümmt Buer Witt em in de Möt: »Na Buer Swart, wo kümmst du denn bi den Zeegenbuck?«

»Jä, den heww ik up de Utstellung wunnen.«

»Ik will di maal wat seggen«, seggt Buer Witt, »du kannst dor je doch nicks mit anfangen, mit den Zeegenbuck. Do mi em man; ik betaal di em ok good!«

»Nee, nee, den heww ik wunnen, un den beholl ik ok.«

»Wat wullt du dor denn mit? Un denn kannst du em je gor nich maal laten! Wo wullt du dor denn mit afbliven? 'n Stall hest du je nich.«

»Da 's mi allns eendoont. Ik heww em wunnen, un ik behool em, un wenn 't nich anners is, denn mutt he eerst maal in 't Huus bliwen. In uns Slaapstuuw is Platz noog.«

»O, bedenk doch bloot maal den Gestank!«

»Jä, dor mutt he sik an gewöhnen.«

In Demmin hett 'n Mekelbörger Bur inköfft, un as hei ut den Laden gahn will, glöwt dei Ladenswegel, hei möt dei annern Gäst, dei dor noch stahn, en Vergnäugen maken un sik in 'n grotes Licht setten un seggt tau den Buren: »Hewwen S' all hürt, dat dei Großherzog Ehr Amt besäuken will? Denn saelen S' je woll all up'n Ossen bi em vörbiriden?«

»Je«, antwurt't dei Bur, »denn kamen Sei man hen, bi uns sünd dei Ossen al knapp!«

Een oll Knecht, 'n Junggesell, kümmt eenes goden Dags nah den Schulten un will sick mit sin oll Wirtschafterin, de em bether de Wirtschaft führt het, upbeiden laten.

»Äwer, Krischan«, seggt de Schult, »du wist doch keen Leiw hewwen tau den ollen Drak!?«

»Ne, dat nich«, seggt Krischan, »äwer dat Aas het mi so väl stahlen, dat mi nicks anners bliwt, as dat ick ehr heurat', wenn ick mient wedder hewwen will.«

Auf einem Scheunendach entdeckt der Bauer ein buntes Etwas, das wie ein Vogel aussieht. Er legt seine längste Leiter an und klettert hoch. Der entflogene Papagei beäugt den sich nähernden Menschen mißtrauisch. Als er ihm sehr nahe ist, schüttelt sich der Papagei aufgeregt und kreischt dem Bauern entgegen:

»Was willst du?«

Der Bauer stutzt, zieht die Mütze und stottert:

»Entschuldigen Sei man, ick dacht Sei wieren 'n Vagel.«

En Bur hett eens 'n Hamel slacht, de strampelt so vel bi 't Slachten. »Ja, Vadder«, seggt de Jung', »dat möt he ierst gewennt warden, dat Slachten.«

Viele Kinder hatte der Bauer. Eines Tages bitten zwei der Söhne den Vater, er möge ihnen Geld geben, damit sie sich für einen Maskenball kostümieren können. Der Vater fragt: »Worüm willen ji jug denn utkleden?«
»Dormit uns keen kennt.«
»Jungens, wascht un kämmt jug, denn kennt jug keen Minsch!«

»Segg mal eins, Jochen, wo büst Du gistern Nahmiddag west?«
»Up de Scheid bi 't Meßstreuen, Herr Inspekter.«
»Soo? Na, denn segg mi mal eins, wie kem dat denn, dat ick Di gistern Nahmiddag in Wismar in 'n Lindenhof-Goren hinner einen Boom seihn heww?«
»Dat kem, wil dat de Boom nich dick 'naug wir!«

»Hans, Hans«, ruft der Vater.
  Hans antwortet: »Wat sall ick?«
  »Wo büst du?«
  »Up'n Heuboen!«
  »Wat makst du dor?«
  »Nicks!«
  »Wo is denn din Brauder?«
  »De is ok hier baben!«
  »Wat makt denn dei dor?«
  »Hei helpt mi!«

Termin in Sachen Holzdiebstahl. Der Forstaufseher berichtet, daß er die Diebe getroffen habe, als sie einen Baum gefällt hatten und im Begriff waren, die Zweige abzusägen. »Was sagten Sie denn als Aufseher, als Sie die Leute trafen?«
  »Wat sei sagten? Sei sagten de Telgen ab.«

Jehann Witt is nu all dörtig Johr bi'n Baron as Kutscher. Nülich höllt hei mit sinen Wagen in uns Straat, hett Bodder afliewert.

»Na, Jehann«, segg ick tau em, »wur geiht dat Dinen Baron? Ick heww em jo solang'n nich seihn.«

»Je«, seggt Jehann, »em geiht 't, as dat de meisten Landlüd' upstunns gahn daun deit. Em geiht 't as sien Monokel!«

»Wurso meinst Du dat, Jehann?«

»Je«, seggt Jehann, »ümmer in de Klemm!«

Der Schäfer sieht seinen Herren kommen und merkt, daß dieser sehr schlechte Laune hat. Um ihn abzulenken, zeigt er auf seinen neuen Hund und fragt:

»Is dei Hund sin, Herr?«

Der Herr faucht:

»Ick bünn den Hund sin Herr.«

Abends kommt der Schäfer nach Hause und sagt zu seiner Frau:

»Ick weit gornich, wat de Herr mi hüt anschnauzt hett. Frag du mi mal, so, as ick em fragt hew.«

Die Frau fragt:

»Is dei Hund sin, Vadder?«

Darauf er:

»Ne, ick bünn den Hund sin Vadder.«

»Na«, sagte der Pächter als er seine sechs Arbeitsleute auf dem Rücken liegen sah, »dit is nett. Wenn 'k doch blot weiten däd, wer von jug Esels de fulste is, ick geew em glik einen Daler.«

Sogleich sprangen fünf auf und riefen:

»Ick, ick, ick ...«

Einer aber blieb liegen.

»Na«, sagte der Pächter, »nu weit ick dat doch, min Wurt will ick hollen, hier is de Daler.«

»Wesen S' so gaud«, sagte der Sechste, »un steck'n S' mi em in de Westentasch.«

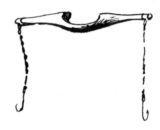

»Bi dine Vörgängerin hewwt mi am beste gefalle«, seggt de Bursfru tor nie Deenstmargell, »de grot Ernst, de se nie verleet.«

»Ach, miner es ok grot, on he ward mi ok nich verlote: he heet ower August.«

En Bur schickt sinen Knecht, dei Halsweihdag' hadd, nah 'n Dokter. Dei verschrift em 'n Rezept un seggt: »Dat leggst du di üm den Hals un bindst en Dauk doraewer!« Dei Knecht makt dat. Den annern Dag fröggt dei Bur den Knecht: »Na, Jehann, wurans is 't denn hüt?«

»O, Herr, nu is 't al beter; dat Rezept hett schön hulpen!«

»Denn binn doch den Dauk af!« seggt dei Bur. Jehann deit 't, un ünner den Halsdauk kümmt dei Rezeptzettel, fein schier tausamleggt, taum Vörschin.

»Segg eis, Jehann! Wur ward dat mit dat Wäder woll warden? Glöwst du, ob sik dat hollen deit orrer rägen ward? Un sölen wi 'n apenen Sandschnider orrer dei Tokutsch nähmen?«

»Jo, Herr!« seggt Jehann un kickt stur nah 'n Häwen, »mi is dat gliek. Ick möt doch buten sitten!«

(Nach Otto Walter, aus »Dor lach ick öwer«, 1926.)

Bi 'ne Antenjad in'n Kreis Dramburg is eis 'n Rittergaudsbesitter in'n See verdrunken, un keen Minsch künn em wedder rutkrigen. Nu würden alle Dag twee Daglöhners henschickt, dei mit'n Netz nah em säuken sülln, wat sei ok giern maken deden, wildat sei dorbi af un an 'n Kräwt orrer 'n Fisch füngen.

Eis wir dat Netz sihr schwor, un as sei tokeken, dor harren sei ehr'n Herrn ok richtig ruttreckt, toglieks mit em äwer ok twei grote Aals, dei sik jo mit Vörleiw an Liken setten daun. As dei Lüd it segen, seggt dei een to sinen Kollegen:

»Wat meinst, Korl! Süllen wi em noch eis rinnerschmiten?«

(Nach Otto Walter, aus »Dor lach ick öwer«, 1926.)

»Du, de Maler, dei hier in 't Dörp 'rümmer malen deit, dei hett seggt, ick harr' en Charakterkopp.«

»Soo? Wat is dat denn?«

»Dat weit ick ok nich. Äwer, um seker tau gahn, heww ick em ein'n an 'n Hals gewen.«

... na, denn smiet em man öwer Buurd!

Mitten auf dem großen Wasser stirbt ein Passagier.

»Ja«, sagt der Kapitän, »ick will em ok 'n Reed hollen.«

Mit der Bibel unter dem einen und der Flasche Rum unter dem anderen Arm geht er in seine Kajüte, die er hinter sich zuschließt. Es vergeht eine Stunde, es vergeht die zweite, es vergeht die dritte Stunde. Dann kommt er wieder zum Vorschein. Sein Kopf ist so rot, als wenn er die ganze Bibel auswendig gelernt hätte.

Nun stellen sich alle auf. Der Kapitän schluckt, fummelt mit der Hand am Hals herum. Schließlich sagt er:

»Wi willen man ierst 'n still Gebet don.«

Das dauert eine Minute, zwei Minuten, es werden fünf. Dann sagt der Kapitän endlich:

»Amen!«

Er setzt seine Mütze wieder auf und dreht sich um. Dann ruft er:

»Na, denn smiet em man öwer Buurd!«

De Loots spelt sick 'n beten op.

»Op disse Streck fohr ick all fiefuntwindig Jahr«, seggt he to den Passaschier. »Hier kenn ick jedes Lock un jede Bank.«

Rums! makt de Damper in dissen Ogenblick un sitt in den Sand fast.

»Sehn Se wohl«, seggt de Loots, »dor is all en!«

Ein Passagier will vom Kapitän alles ganz genau über die Seekrankheit wissen.

»Na«, sagt der Seemann, »dat is so, as wenn allens, wat du in 't Liew hest, rut will: erst de Slök, denn de Mag', denn de Darm, dat kehrt sick alls noh buten. Äwer wenn du denn in'n Hals son Gefäuhl hest, as: dor kümmt 'n Gummiring, denn mußt du opheuern: dat is de Moors.«

(Nach Fritz Specht, veröffentlicht 1934 in »Plattdeutsch«.)

Tedje kann nachts nicht schlafen.

»Denn möötst du düchtig Grog drinken«, sagt Fietje, »dat helpt. Dat do ik ok ümmer.«

»Dat helpt?

Dat deist du ok ümmer?

Meenst du, dat ik dor beter no slopen kann?«

»Dat weet ik nich«, sagt Fietje, »ober dat Opblieben fallt di denn nich so swor.«

Sitt dor 'n Schipper bi 'n Grog. So in de Midd von den Julimaand is dat. So 'n Stücker dree veer hett he all to Bost nohmen. Een, de dat seihn hett, seggt to em:

»Mann, bi de Hitt drinken Se Grog? Wat drinkt Se denn bloot in 'n Winter?«

»Veel Grog«, seggt de Schipper.

»Nu will'n wi twei mal eins in de Wedd drinken, wecker am meisten kann!«

»So nich, dat is nicks. Dat ward anners makt: Ik drink un du betahlst. Will'n mal seihn, wer dat am längsten uthöllt!«

Hein steiht up eene Fleetbrügg in Hamborg, hett de Arms up dat Gelänner stütt un kickt in 't Water. Sinen letzten Groschen dreiht he twüschen de Finger. Mit 'n Maal fallt em de Groschen in 't Water. Lang kickt he em na un seggt denn bannig benaut:

»Dat kümmt bi 't Överleggen rut. So wiet weer ik nu graad: Versupen wull ik di, man nich up de Oort.«

»Kumm, lat uns 'n Lütten up de Lamp geiten.«
»Nee, du, ick kann nich. Ut dreierlei Grünn' kann ick nich.«
»I wat. Wat süll'n dat woll vör Grünn' sin?«
»Swore Grünn': Irstens bün ick Mitglied wurd'n von den Verein gegen dat Bramwindrinken, tweitens is grad hüt vör drei Johr min Grotmudder storwen un drüttens heww ick grad eben irst einen nahmen.«

Een engelschen Janmaat giwwt 'n Habenarbeitsmann den Kömbuddel hen, dat he 'n lütten Sluck nimmt. Dat deit he denn je ok, un ganz dankbor giwwt he em den Buddel trügg un seggt:
»I thank you very much. A good Sluck in the morningtime is beter as den ganzen Dag gor kein.«

Ein Seemann sagt zu seiner Frau, sie solle ihn nachts wecken, wenn er Durst habe.
Die Frau meint:
»Ik weet doch nich, wenn du Dost hest.«
Aber der Mann erwidert:
»Ach, dat mokt nicks, weck mi man! Dost heww ick ümmer.«

Kuddl un Thedje stoht an'n Hoben un vertellt sick wat. Dor fallt dor dicht bi jem een no de Elw rin. He spaddelt bannig un bölkt, he mutt versupen.

Kuddl und Thedje lot sick nich steuern. De anner bölkt ümmer wieder.

Toletzt ward Kuddl de Sok to bunt.

»Wat is denn los?« ropt he.

»Ick kann nich swemmen!« ropt de anner.

»Och wat!« seggt Kuddl, »wi könt ok nich swemmen, ober wi bölkt doch nich so!«

Drei abgedankte Kapitäne treffen sich regelmäßig. Sie stehen dann stundenlang bei Neumühlen und starren auf die Elbe. Es fällt kaum ein Wort, trotzdem haben sie das Gefühl, sich bestens zu unterhalten.

Eines Tages bringt einer von ihnen einen vierten Mann mit. Der sagt auch nicht viel, aber immerhin macht er von Zeit zu Zeit mal eine Bemerkung zum Wetter, zeigt auf einen aufkommenden Holländer und einen auslaufenden Engländer.

Beim Nachhauseweg heißt es:

»Du, den bruukst nich wedder mittobringen, de snackt to veel!«

Hein un Hannes stahn up de Lannungsbrüch un kieken in 't Water. Se hebben wider nicks to don, un hatt hebben se ok noch keenen.

Mit eenmal seggt Hein:

»Mann! Kiek mal, wat dor anschräben steiht!«

Dor hängt 'n Schild un dor steiht up:

»Wer jemand vom Tode des Ertrinkens errettet, hat Anspruch auf 20 Mark Belohnung.«

»Dor is wat to verdeenen«, seggt Hein. »Paß mal up: ick spring in 'ne Elw un schrie ornlich um Hülp, un du treckst mi wedder rut. Un denn laten wi uns de twindig Mark gäben. De deelen wi uns denn!«

»Man to!« seggt Hannes.

Hein, de kladdert denn jo in 't Water rin un fangt an to bölken:

»Help mi! Help mi! Ick versup!«

Hannes geiht ümmer de Lannungsbrüch up un dal un deit, as wenn em dat gor nicks angeiht.

»Nu man to«, seggt Hein von ünnen rup, »nu is 't Tied. Nu treck mi man rut!«

Un denn bölkt he wedder:

»Help mi! Help mi!«

Hannes lett sick gor nich stüren.

»Büst du unklok!« röppt Hein. »Treck mi doch rut! Ick sup jo af!«

»Och«, seggt Hannes, »hier up de anner Sied steiht anschräben: Wer eine Leiche bringt, erhält 50 Mark Belohnung!«

(Nach Fritz Specht, zuerst veröffentlicht in »Niederdeutsche Scherze«, 1929.)

'n lütten Gaffelschoner führt von Kopenhagen nah Wismar. Hei hett ümmer gauden Wind hadd, äwer kort vör de Insel Poel is dei vörbi.

De Kaptein steiht achtern an 't Stüer un röppt den Matrosen tau: »Dat helpt all nich, Hein, wi möten hier liggen bleiben, smiet den Anker ut!«

»Ick kann em nich smieten«, antwurt Hein.

»Wat«, röppt de Kaptein, »du kannst den Anker nich smieten? Büst du rein von Gott verlaten? Wist du hier up apen See rebellieren, du Lümmel? Smiet den Anker, segg ick!«

Hein smitt den Anker.

»Hest du den Anker smeten?«

»Jo, Kaptein!«

»Liggt hei gaud?«

»Jo, Kaptein!«

»Is de Ankerkäd stramm?«

»Nee, Kaptein!«

»Worüm nich?«

»An den Anker wier jo gor kein Käd nich an!«

Up so 'n lütten Hannelsdamper führt eins, obschonst dat dunnemals eigentlich nich sien dörft, en Passagier mit. Sei sünd all 'nen poor Daag unnerwägens. Dunn kümmt einen Morgens dei Stüermann taun Käppen un meldt:
»Wat uns' Passagier is, dei is krank!«
Dei Käppen fröggt:
»Wat is em denn?«
»Je, hei hett 't in dei Mag, seggt hei.«
»So, so, dat willt wi woll gliek kriegen. Du geihst nu an uns' Apteikerschapp un giffst em ein Pulver ut Nummer acht.«
An 'n negsten Morgen meldt de Stüermann:
»Käppen, Nummer acht wier leddig!«
»So? Wat hest denn makt?«
»Ick heff em twei Pulver ut Nummer vier gäben. Man, dat hett nich hulpen. Hei is nu dot!«

Ein Bauer nimmt einen Seemann zu sich auf den Wagen. Weil er gerne ein bißchen schlafen möchte, fragt er den Seemann:
»Kannst' fohren?«
»No klor, kann ik fohren«, der Seemann.
Der Bauer gibt ihm die Zügel und legt sich hinten ins Stroh. Nach zehn Minuten kippt der Wagen in den Graben. Der Bauer kommt empört hoch und brüllt:
»Ik denk, du kannst fohren?«
»Tja, Minsch«, antwortet der Seemann, »ik denk, du sitzt achter an't Stüer!«

Clumbumbus geiht mol 'n beten an'n Hoben rum. Do kickt de Keunig grot ut 't Finster.

Moing, Clumbumbus, seggt he.

Moing, Moing! seggt Clumbumbus.

Na? seggt de Keunig. Wo geiht 't?

Och Gott, dat geiht jo, seggt Clumbumbus. Fules Leben. Nicks to don opstunns.

Hest denn 'n beten Tied? seggt de Keunig.

Jo, Tied heff ick.

Wullt' mi denn 'n Gefallen don?

Jo, man to. Wat is denn los?

Du kunnst mol henfohren un Ameriko entdecken.

Minsch, dat is ok wohr! seggt Clumbumbus. Geern!

He geiht jo an Boord, speet sick in de Hand'n un fohrt los.

As se nu 'n Tied op See sünd, seggt de Stüermann to Clumbumbus:

Clumbumbus, seggt he, ick seh ümmer noch keen Land.

Weet ick, seggt Clumbumbus. Dat Ei steiht jo ok noch nich.

Annern Morgen seggt de Stüermann:

Clumbumbus, segt he, ick seh ümmer noch keen Land.

Weet ick, seggt Clumbumbus, dat Ei steiht jo ok ümmer noch nich.

Annern Dag, mit 'n Mol roppt de Stüermann:

Clumbumbus, Clumbumbus, Land! Ick seh Land!

No jo, seggt Clumbumbus. Weet ick. Dat Ei steiht jo ok all.

As se dor nu ankomt, stahn dor jo all' de Minschen an Land.

Halloh, roppt Clumbumbus, gun Dagg.

Schönen Dank, säden se.

Un Clumbumbus frögt: Sünd ji denn Indianers?

Un de Indianers säden: Yes, Sir!

Denn is ditt hier woll Ameriko?

Jo, seggt se, ditt is Ameriko.

Sünd ji de Amerikoners?

Jo, wi sünd de Amerikoners, seggt se.

Un de Indianers frögen: Denn büst du woll Clumbumbus?

Gott sei Dank, säd Clumbumbus.

Don kratzten sick de Indianers achter de Uhren un repen:
Du leebe Tied, so 'n Schiet! Nu sünd wi entdeckt, na, denn helpt dat nich ...

(Erzählt nach den Fassungen von Fritz Specht und Otto Wobbe, gedruckt in »Plattdeutsch« und in »Eekboom«, jeweils 1934.)

»Segg mol, is dat wohr, dat ji in 'n Winter 36° Küll hatt hebbt?«

»Dor kannst' di up verlaten; 18° weern an 'n Hamborger Haben un 18° an de Alster. Dat sünd di tosamen 36°.«

In Hamborg kann jedereen Engelsch spreken. Kümmt dor so 'n Ewerföhrer an 'n groten Damper ran un röppt den Keerl to, de bawen öwer de Reling kickt:

»Speak you English?«

»Yes«, röppt de dor von bawen.

»Na, denn smiet mi maal dat Tau hendaal!«

»Na, wo geföllt Di denn de Papagei-Vagel, den ick Di mitbröcht heww?«

»Je, Heinrich, 'n beten tag wir hei doch.«

»Wat? Du hest em upäten? Dat Diert künn ja spräken!«

»Wat? Wo kann 't angahn? Äwer worüm hett hei denn dat nich seggt?«

Zwei Seeleute geraten, mehr aus Versehen, in ein besseres, sehr bürgerliches Restaurant. Auf dem Tisch eine Flasche englische Würzsauce, die ihnen unbekannt ist. Sagt Fietje:

»Kiek, Thedje: en Buddel! Nimm man 'n Lütten!«

Thedje nimmt einen kräftigen Schluck – die Tränen laufen ihm über die Backen.

»Wat weenst du denn, Thedje?« fragt Fietje.

»Och«, sagt Thedje, »dat is hüt 'n Johr her, do is uns' Schipp Anna-Susanna bi Kap Hoorn afsackt. All' sünd se mit ünnergahn. Bloß mi hebbt se noch upfischt. Dor mut ick nu an denken. Nimm man ok eenen, Fietje!«

Fietje nimmt die Flasche – auch ihm laufen die Tränen über die Backen. Thedje grinst. »Wat weenst du denn, Fietje?«

»Ick ween man«, sagt Fietje, »dat du Oos nich mit versopen büst!«

Hein wird aufgefordert, mal eben mit anzufassen. Er sagt:

»Kann ick nich.«

»Wieso denn nicht?« wird er gefragt.

»Kannst' nich kieken? Ik heff doch beide Hännen inne Tasch!«

Als Kaptein Permin aus Althagen auf dem Fischland die Seekarte von Norwegen betrachtete, die er in dem Wustrower Buchladen verlangt hatte, da schüttelte er immer erstaunter und immer ablehnender das mächtige Haupt. Schließlich fuhr er mit dem Finger über all die Linien, Kreise, Punkte und Zahlen, die auf dem Papier herumwimmelten und fragte, deutliches Mißfallen in der Stimme: »Wat schall denn dat bedüden?«

Der Verkäufer wußte bestens Bescheid und erklärte höflichst: »Die Karte ist das Erstklassigste, was ich Ihnen auf diesem Gebiete zur Zeit vorlegen kann, Herr Kapitän. Soeben erschienen – die neueste amtlichste Seekarte. Die geringste Untiefe – nich' wahr, natürlich, in den Fjorden, das Fahrwasser – ich möchte sagen, jeden Stein sogar – braucht nur ein bißchen unter der Oberfläche zu liegen – alles genauest verzeichnet. Fabelhaft. Da kann nichts passieren. Tiefenzahlen – alles letzte Vermessungen. Dabei die Ausführung: bester Stahlstich, haarscharf, auch bei Nacht leserlich ...« Kaptein Permin hörte zu, dachte lange nach, dann schob er ärgerlich die Karte weg und sagte:

»Nä, dat geiht nich! Dat kann ick nich bruken! Wie sall ick denn mit dei Kort' an dei Küst rankamen? Nä – dei will ick nich hebben! Denn beholl ick leiwer min olle Kort', dor is dat allens witt un klor. Dor sünd nich so väl Stein' op. Dor kann ick öberall mit henführen, wo ick will.«

(Nach Fritz Koch-Gotha, zuerst veröffentlicht in »Mecklenburgische Monatshefte«, November 1931.)

Der Seemann Peter Bradhering in Wustrow hat einen Sohn, der sich am Ende des vorigen Jahrhunderts auf das Steuermannsexamen vorbereitet. Eines Tages klagt Sohn Hinrick seinem Alten, daß er in der Navigationsschule soviel Überflüssiges lernen muß. »Ach Vadder, Du glöwst gor nich, wat wi alls bi den Professer lieren möten.« Peter schüttelt bedächtig den Kopf und meint: »Dat kümmt mi doch schnurrig vör.«

Einige Tage später trifft Hinricks Professor am Strande den ihm wohlbekannten Peter Bradhering.

»Nun, Peter, wie geht's?«

»Danke, Herr Professer, wat mi anbidröppt, ganz god, äwer mit mienen Hinrick steiht dat schlicht.«

Der Professor sieht den alten Seemann verwundert an: »Ist Ihr Sohn denn plötzlich erkrankt?«

»Gottlob nee, äwer nehmen Sei mi dat nich äwel, Herr Professer, Sei quälen mi den Jungen toveel mit dei Gelihrsamkeit un maken em mit dei Navigatschon dat Lewen to schwer.«

»Ja, mein lieber Freund, das läßt sich nun einmal nicht ändern. Die Wissenschaft muß sich mehr mit der Praxis verbinden, damit auch der Seemann Tüchtiges in seinem Fache leisten kann.«

»Dat will ick ok nich bistrieden, äwer dei Navigatschon, Herr Professer, de is nich nah mienen Geschmack.«

»Sie kann man aber heute nicht mehr entbehren.«

»Meinen Sei dat, Herr Professor. Ick bün anner Ansicht. Seihn Sei dor dei Jacht in'n Strom liggen? Un glöwen Sei, dat ick un mien Maat dat Schipp ahn alle Hülp nah Kopenhagen henbringen koenen?«

»Ohne Zweifel, Peter.«

»God. Nu will ick Sei mal wat seggen. Wenn sick twölf Professers von dei Navigatschon up dei Jacht setten, so glöw ick nich, dat sei dat Schipp ut den Strom rutbringen. Adschüs ok, Herr Professer.«

An dat Hus »Seefohrt« to Bremen steiht de latinsch Spruch: »Navigare necesse est, vivere non est necesse!« (Schippfohrt is nödig, dat Läben äwer nich.) En Frömden steiht vör dat Hus un termodbast' sick, wat dat woll heeten kann. Dor kümmt em en ollen Seebor in de Möt, un he fröggt den.

»Wat dat heet? Dat will 'k di seggen: To Schipp möt 'n fohren, äwer Wiwer bruken dor nich bi sin!«

»Wat sall ik in de Kark'?« sagt der Seemann, »Sünnen heww ik nich un singen mag ik nich.«

Käppen Bradhering hett gaud un giern sin achtzig Johr up de Nack. Nu will hei bi Petrus eins anfragen, wat för em in 'n Himmel noch 'nen lütten Platz fri is. Hei kümmt nu baben an un kloppt an de Himmelsdör. Don geiht de Dör up un Petrus fröggt: »Wecke is dor?«

»Hier is Käppen Bradhering.«

»Un wat wußt du?« fröggt Petrus wierer.

»Ja«, antert Bradhering, »ick wull eins anfragen, wat ick woll ok 'nen Platz in den Himmel kriegen künn?«

»Dat deit mi led«, seggt Petrus, »dat ward swor hollen. Kiek, de Bänken sünd all besett' un dor is kein einzigst Platz mihr.« Un dormit geiht de Himmelsdör up un de oll Käppen süht dat nu jo sülben, dat alle Plätze besett sünd. Na, don treckt Käppen Bradhering jo wedder af.

Nah Dagener acht kloppt oll Bradhering wedder an bi Petrus. De Dör geiht ok wedder up un Petrus fröggt: »Wat gifft? Dor büst du jo all wedder?«

»Ja«, seggt Bradhering, »ick wull man blot fragen, wat nu all 'nen Platz in 'n Himmel fri wier?« Don geiht wedder de Himmelsdör up un de Bänken sünd noch all besett'. Dor höllt Käppen Bradhering de beiden Hänn' vör den Mund un röppt so lud as hei jichtens kann:

»Schipp up 'n Strann'!«

Don hebben all de Fohrenslüd, dei in 'n Himmel seten, Büt bargen wullt, un de Bänken sünd all fri worden. Käppen Bradhering is up diese Wies' in 'n Himmel kamen.

Der Großherzog Friedrich Franz ging einst in Konstantinopel am Hafen spazieren. Ein Rostocker Rahschoner war beim Auslaufen. Leutselig rief Friedrich Franz hinüber: »Grüßt auch vielmals in Mecklenburg.«

»Van wecken säll wi denn grüßen?« fragte ein Matrose.

»Ich bin der Großherzog von Mecklenburg«, antwortete er.

Das Gesicht der alten Teerjacke ging in die Breite, pfiffig lächelnd erwiderte er: »Na, dat's 'n schönen Posten, den hollen S' man wiß.«

Friedrich Franz im Hamburger Hafen. Ein Segler, Heimathafen Wismar, läuft gerade ein. Er fragt einen Matrosen, so einen richtigen good-bye-boy, ob er wisse, was denn das für ein schmuckes Schiff sei.

»De Steamer dor«, meint der Matrose, ›sparr He sine Külpen doch up, denn ward He woll lesen koenen, wur de Steamer heeten deit.«

Nach dieser Erklärung geht er, die Hände bis an die Ellenbogen in den Hosentaschen, weiter. Einer von seinen Toppgasten, der das ›Gespräch‹ mit angehört hat, sagt zu ihm:

»Weitst du ok, mit wen du eben spraken hest?«

»Ne, kennst du em?«

»Minsch«, sagt der andere, »dat wir jo de Grotherzog von Mekelborg.«

»Wat du seggst! Nu freugt mi dat doch bannig, dat ik nich groff worden bün.«

Um 1840. Im Kanal begegnen sich eine Bark und eine Brigg. Wie es so Sitte war, ruft das eine das andere an:
»Wo heit dat Schipp?«
»John Bull!«
»Wo kamt Ji her?«
»Van Hull!«
»Wo heet de Kaptein?«
»Thomas Krull!«
»Wat hebbt Ji för Fracht?«
»Wull!«
»Grote Ladung?«
»Vull!«
»Minsch, Du büst ja wull dull!«

Twei olle Schippers sitten in Stettin in 't Terassenhotel an 't Bollwark un leigen sik up Düwel kumm rut dei Huk vull.

»Je«, vertellt Käpten Langemak: »Du wist mi dat nich glöwen, wat ick för fif Johr mit min eegen Ogen seihn heww. Ick führt dortomal von Stettin nah Stockholm, un as wi nah Swinemünn' kemen, springt dor so'n gottverdammigter Kierl vun 't Bollwark in 't Water un schwemmt – hal mi dei Düwel, wenn 't nich wohr is! – ümmerto näben minen Steamer her, öwer dei Ostsee röwer un ümmer wider bet nah Schweden, un as wi dor in Stockholm ankemen, – wist mi dat glöwen? – dor is dei Düwelskierl ok all dor! Wat seggst nu, Korl?«

»O«, antwurdt Käpten Stöwhase, »dat freugt mi, dat du dat mit anseihn hest un dit nu betügen kannst, denn dei Kierl, dei dunnemals näben din Schipp schwommen is, süh, Päuling, dat bün ick west!«

(Nach Otto Walter, aus »Dor lach ick öwer«, 1926.)

»Je, nu kiek blos mal an«, seggt uns' oll Hawenmeister tau Schipper Hansen, un wiest up en Arbeitsmann, de dor flietig bi is, dat Bollwark antaustrieken, »nu kiek blos mal an, woans weck Lüd' in de Welt lewen!«

»Wo«, frögt Schipper Hansen, »ick kann den Mann nix Besonners anseihn. Hei schient mi ganz urndlich tau sin.«

»Je, Jochen«, seggt uns' Hawenmeister, »dat is dat ja grad! Antauseihn is dat de Lüd' nich. Aewer, kannst du dat woll glöwen? De Mann kriggt nu twei Mark den Dag, un verteern deit hei för fiew.«

»I wo«, seggt Schipper Hansen, »wo künn dat woll angahn? Denn müßten em sien Schulden ja all upfreten hewwen. Wer giwwt äwerhaupt so 'n wat up Reknung?«

»Je«, seggt uns' Hawenmeister, »dat is äwer so. Ick seih dat doch nu all en poor Johr, dat hei dat so driwwt.«

»Ne«, seggt Hansen, »dat kann 'ck nich begriepen; dat is ja nich möglich!«

»Je«, seggt dunn uns' Hawenmeister, »tau begriepen is dat doch. Süh mal, hei kriggt twei Mark den Dag. In sien' Bütt geiht grad för fiew Mark Teer in, un de Bütt vull verteert hei den Dag äwer. Süh ...«

»Den Dunnerwedder noch eins!« röppt dunn Hansen, »wat sünd dat för Witzen! Dat is mi in de Mag' gahn! Schenk uns fix noch 'n lütten Koem in!«

In Anklam up de Peen leeg vör männig Johr 'n Damper, dei »Penelope« näumt wier.

Worüm?

Doröwer wieren sik dei Lüd all lang in unkloren; denn sei künnen sik nich gaud vörstellen, wat dat Schipp mit dei Fru to doon hebben süll, vun dei dei olle Homer uns in sien Odyssee so väl vertellt hett. As sik äwer en besunners Niegliger an den Kapitän vun den Damper wendt un em fröggt: »Seggen S' eens, Käpten, worüm hebben Sei den Steamer denn ›Penelope‹ näumt?« antwuurdt dei:

»Na, Minsch, dat 's doch klor! Wieldat hei up dei Peene lopen deit!«

(Nach Otto Walter, veröffentlicht in »De Eekbom«, 1925.)

*... en gaud Gewissen hewwen
un swinnelfrie sien!*

Ein Pastor sieht, wie in einiger Höhe auf schmalem Brett ein Maurer schwere Lasten hin und her trägt. Er ruft ihm zu: »Das ist ja eine großartige Leistung, das mache ich Ihnen nicht nach!«

»Dat glöw ick woll«, ruft der Arbeiter zurück, »dortau möt man ok en gaud Gewissen hewwen un swinnelfrie sien!«

An einem Sonntag im Oktober des Jahres 1699. Pastor Johannsen im mecklenburgischen Kritzkow predigt über das Jüngste Gericht:

»Wenn nu an jenem Dag de Herr Jesus kümmt in Kraft un Herrlichkeit un röpt: Herr Johannsen von Kritzkow, wo hewwt Ji Juge Schaap? – So ward ik mi verstäken, denn ik schäm mi för jug un mag mi nich sehn laten. Äwer dei Herr röpt tom tweetenmal: Herr Johannsen von Kritzkow, wo hewwt Ji Juge Schaap? – Ik versteck mi noch einmal un mag mi nich upducken, denn wat schall ik von jug Gaudes den Herrn vörsnaken?

Dor röpt hei taun drüddenmal: Herr Johannsen von Kritzkow!

Dor kann ik mi nich länger verstäken, sondern ik trede vör un spreck also: ›Hier sünd sei, Herr, dei ik mine Schaap nömen dau, äwer 't sünd keine Schaap, dat sünd stinkende Bück!‹

Gliek kümmt dei Düwel un fahrt mit ehr af tau dei Höll.

Ik äwer puddel so eben lising achternah.«

(Nach einem Bericht im Großherzoglich Mecklenburg-Schwerinschen Kalender auf das Jahr 1874.)

De Karkenrad von een lütt Dörp an de Waterkant is versammelt. De Karkhoffmuer is an ünnerscheedlich Sieden intwei, un de Paster birrt de hogen Herrn von 't Dörp, se schüllt se utbetern laten. Se wüllt all nich so recht ran, un Schultenvadder hett recht, se nickköppt all, as he seggt:

»Nä, Herr Pastur. De Muer is so'n beten slecht, dat stimmt. Ober wat schüllt wi denn ok blot mit ehr? Sehn Se, Herr Pastur, de, de dor binnen sünd, de könt nich wedder rut, un de, de buten sünd, de wullt nich rin. Wat schüllt wi also mit 'n Muer?«

In Warnemünde lebte vor mehr als hundert Jahren eine sehr alte Frau im hinteren Teil eines winzigen Häuschens, ganz in der Nähe vom Alten Strom. An einem Karfreitag erinnerte sich die Kirche ihrer. Ein junger Pastor kam zu Besuch.

»Na, was machen Sie denn so, Mütterchen?« fragte er.

»Wat sall ick maken. Ick sitt hier un stopp Strümp, mien Jung.«

»Aber, aber«, sagte der sehr junge Pastor, »heute arbeiten Sie? Wissen Sie nicht, was heute ist?«

»Ne, dat weit ick nich.«

»Heut' ist Karfreitag, der größte Feiertag der Christenheit, zur Erinnerung an unseren Herrn Christus, den man ans Kreuz schlug.«

»Ne, wat Sei seggen«, antwortet die alte Frau, »dorvon weit ick gor nicks, ick wahn achter ut un tau mi kümmt keeneen.«

'n ollen Herrn sett' sick tau 'ne oll Fru 'n bäten up dei Bänk un seggt:

»Gauden Dag ok, Mudder! So'n oll Lüd as wi moegen sick giern mal utraugen!«

»Oh, Sei können gaud un giern mien Soehn sien!«

»Na, na, mit mien fiefunsoebenzig Johr wier dat woll nich gaud moeglich. Wur olt sünd Sei?«

»Fiefunnägenzig Johr.«

»Dünnerlüchting, so olt? Denn hebben Sei sick oewer gaud hollen. Sei hebben woll ümmer gaud eten?«

»Nee, ümmer 'n bäten.«

»Sei sünd woll sihr fromm wäst?«

»Ja, dei Bibel kenn ick von Ur bet tau Enn'.«

»Un tau Kirch gahn Sei ok woll ümmer?«

»Nee!«

»Nanu, wurüm denn nich?«

»Je, dat will 'ck Sei seggen! Denn süht uns Herrgott mi un denkt: Süh, dei hest du jo ganz vergäten un denn haalt hei mi – un ick mücht so giern noch 'nen bäten läben!«

»Wat wist denn warden?« fröcht een Rostocker Pastur den Jung'.
»To See gahn.«
»Wat is denn Din Vadder?«
»Seemann west, versteiht sick.«
»Lewt hei denn nich mihr?«
»Nee, blewen up See.«
»Dat's schlimm. Un Din Grotvadder?«
»Ok Seemann un ok blewen up See.«
»Denn wür ik in Din Stell mi nich trugen to See to gahn.«
»Seggen S', Herr Pastur, wat was Ehr Vadder?«
»Pastur.«
»Un Ehr Grotvadder?«
»Ok Pastur, min Jung.«
»Un wuans blewen de?«
»Sei stürwen in 'n Bedd.«
»Denn wür ick mi in Ehr Stell, Herr Pastur, nich mihr trugen, tau Bedd tau gahn.«

»Aber warum wollt Ihr nun nicht mehr Bälge treten?«
»Ja, dat will ick Sei seggen, Herr Pastur, siet wi den nigen Organisten hewwen daun, is dat nich uttauhollen, hei is unmusikalisch, un dat segg ick! Ick heww' nu all den drüdden Sünndag ›Ein feste Burg‹ pedd't, un hei het ümmer speelt ›Lobe den Herren‹. Nee, Herr Pastur, mi lat' Sei man nu gahn, ick will dor nicks von weiten. Wat helpt mi dat Pedden, wenn hei wat anners speelt?«

Up 'n Lan'n hett de Blitz in de Kark inslahn, un de is runnerbrennt. De Paster geiht in de Gemeind' rüm un will för de nieg' Kark sammeln. Dor kriggt hei von ein' Buern tau hüren:
»För einen, dei sien eigen Hus ansteckt, gew ick nicks.«

Kümmt dor een Deern to 'n Paster un will 'n Döpschien hewwen. Se will friegen. De Paster fröggt eer, wo olt as se is.
»So wat anfangs de Dörtiger bün ik«, seggt de Deern.
De Paster söcht in 't Karkenbook un finnt rut, dat se al 42 Johr olt is. Ganz benaut seggt se:
»O Herr Paster, wat is de Tied gau lopen; denn sünd S' doch so good un schriewt dat Öller up Latien!«

Een oll Wief harr den Paster 'n Korf vull Röwen bröcht, un he nödig ehr nu rin in sien Studierstuuw, se schull dor 'n Glas Wien drinken. Se snacken nu öwer dit un dat; man de Oll weer nich so recht bi de Saak; se wull geern maal drinken, plinkög jümmer na ehr Glas hen un mugg 't liekers nich doon. Se wüß dat woll, dat 'n denn anstöten müß un »Prost« seggen; man se meen, sowat schick sik bi 'n Paster nich. Un se termaudbarst sik nu den Kopp, wat 'n denn nich wat anners seggen künn. Up 'n Maal lüchen eer Ogen, se greep gau na 't Glas un röp:

»Halleluja, Herr Paster!«

»Wo laten Sei denn Ehr Swin up Trichinen unnersöken?«
»Bi'n Paster!«
»Woans denn dat?«
»Je, de kriggt glik nah 'n Slachten sin Wust hen, un denn besöken wi em nah kort Tid un fragen, woans dat em un de hochwürdige Famili geiht. Seihn Sei, dat is min Prow: seggt he denn ›good‹, denn weeten wi, dat keen Trichinen in dat Fleesch sünd, un denn äten wi ok dorvon.«

Fiete wier dataumal in keinen gauden Geruch in 'n ganzen Dörp. Sei säden, hei wier bannig wietlüftig, hei wier ehr Dörpbull. Allerwegens in de Gegend wier hei achter de lütten Dierns her, oewerall hadd hei 'n lütt Bruut to sitten. Dat hadd ok de Paster hürt, un hei nehm sick vör, maal 'n iernst Wuurt mit Fiete tau snacken.

»Fiete«, säd hei, »ick hür upstunns gornicks Gaudes von Di. Sei hewwen mi vertellt, un ick heww dat mit Kummer hürt, dat Du allerwegens in de Dörper in de Harten von ihrbor Mäkens falsch Hoffnung wecken deist. Du sast in Biestow 'n Bruut hewwen, in Plummendörp en hewwen, in Thulendörp sall en sitten, in Pinkenhagen un in Hogen-Krinth. Dat kann'n sick jo gornich vörstellen, wur dat angahn kann. Wur is dat bloots moeglich?«

»Dat will ick Sei woll verkloren, Herr Pastur«, seggt Fiete mit so 'n lütten Griner, »ick heww 'n Motorrad!«

'n Brutpoor steiht vör'n Altor. De Paster lest: »Aus dem Brief des Apostels Paulus an die Römer: Die Liebe sei ungeheuchelt. Verabscheut das Böse, hanget an dem Guten.«

Un fängt dunn sin' Red' an:

»Du hast bei der Konfirmation vor diesem Altar gestanden, liebe Braut, und daher weiß ich, daß Du den Mann kennst, der dies Wort heut durch meinen Mund Dir sagen läßt. Aber auch Du, lieber Bräutigam, wirst Paulus kennen, der sich auch an Dich wendet.«

Bräutigam: »Nee, nee, Herr Paster, nich dat ick weit!«

An männig Steden is dat begäng, dat na 't Swienslachten 'n lütt Fier maakt ward. Dor kümmt denn 't best Stück Swienfleesch up den Disch, un 't Drinken ward dor ok nich bi vergeten: denn spölt de »Finnen« beter wegg.

Nu harr de Paster sülm slacht, un he harr 'n Barg Lüd inlaadt. Up den Disch leeg 'n schön Farken, wo s' nu örnlich inhauen schulln. Man so licht wull de Paster ehr dat nich maken; he säd: »Jede een, de sik nu 'n Stück afsniden will, mutt dor 'n paßlichen Bibelsprök to seggen.«

He nöm ok foorts dat Metz un snäd sik 'n Ohr af, wo he bi säd: »Petrus hieb des Hohenpriesters Knecht das Ohr ab.« Un he keek högvull rundüm. Dat leet so, as wenn de annern so recht wat nich infalln wull; se keeken up den Töller un speeln mit dat Metz.

Man seggen däd keeneen wat.

Bloots een, de keek heel swienplitsch up dat Farken un denn up den Paster – dat weer de Köster – un denn stünn' he up, slög de Ennen von dat Dook öwer de Schöttel mit dat Farken un säd fierlich: »Und sie nahmen den Leichnam, wickelten ihn ein und trugen ihn von dannen.« un rut güng he mit den schönen Braden.

De Paster kau wütig up sien Stück Ohr, un de annern keeken smustergrinig up de lerrigen Töllers.

In einer Gegend, wo es Sitte ist, daß die Bauern für die Konfirmation ihres Kindes dem Pfarrer eine Gans geben, fragte eine Bäuerin den Pastor, ob sie die Gans nicht schon im Herbst bringen könne, sie habe gerade eine übrig. Der Pastor war einverstanden. Dann aber kamen der Frau plötzlich Bedenken: es sei noch lange hin bis Ostern, und es könne ja noch etwas dazwischenkommen. Schnell entschlossen setzte sie hinzu: »Herr Paster, ik will Sei wat seggen. Ik bring' de Gaus hen nah Ehr Fru, un süll dat 'n Unglück sin, dat de Jung bet Ostern dodbliwwt, denn hollen Sei em de Likenred' för de Gaus!«

Ein Pastor von sehr unansehnlicher Gestalt und mit aufgeschwemmtem Gesicht hielt eine Predigt im Dorf zur Probe. Er begann mit den Worten: ›Fürchtet Euch nicht!‹

Dann konnte er nicht weiter.
Er wiederholte:
»Fürchtet Euch nicht! Fürchtet Euch nicht!«
Da rief ein Bauer aus der Gemeinde:
»He wier ok de Kierl danah!«

De Superndent kunn för dull preestern, un he harr dat bannig rut mit Fragen, wo he gor keen Antwoord up hewwen wull. Een Sünndag weer he wedder maal so richtig in de Gang, he köm so in Iwer, dat de Klock al twölf slagen dä:

»...Meine Lieben in dem Herrn, wer kennt nicht Paulus? Den Gewaltigen? Wie soll ich ihn nennen? Wohin soll ich ihn setzen? Neben Lukas? Oder höher?

Ist sein Platz neben Petrus? Nein, auch da ist nicht sein Platz. Aber wohin soll ich ihn setzen ...?«

Justemang steiht een von de Buern up, nimmt Gesangbook un Mütz un röppt na bawen, na de Kanzel rup:

»Setten S' em man up minen Platz, ik gah na Huus!«

»Hei süht ja so leeg ut. Wat fehlt Em denn?«

»Ick kann nich ornlich slapen.«

»Na, dat ward woll wedder beter. Kumm Hei man flietig in min Predigten.«

»Je, Herr Pastur, dat nützt nicks. Dor kann ick ok nich mihr slapen.«

... de Pocken sünd in 'n Dörp.

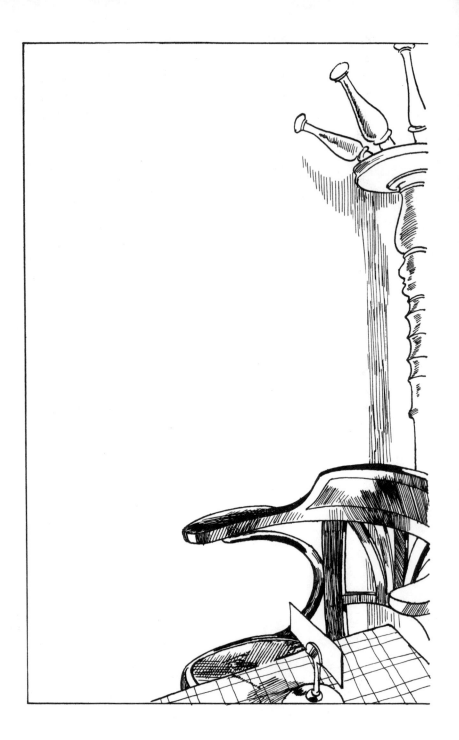

»Vadder«, seggt de Buerfru tau ehren Mann, »de Pocken sünd in 'n Dörp. Ick gah nu glik nah 'n Dokter hen, dat dei uns' Kinner impen deit.«

»Ach wat«, seggt de Oll, »dat Impen is ok för de Katt; dor hett de Schaulmeister vörrig Woch all sin Jungens impen laten, un hüt Morgen föllt de Oellst ut 'n Appelbom un bliwwt up de Stell dod!«

»Nun, Frau, wie geht's Ihrem Manne? Hat er die Blutegel bekommen?«

»Ach ja, Herr Dokter, äwer hei befindt sik ganz elend dornah: twei hett hei lebennig runnerbröcht, äwer vier heww 'k em brad'n müßt.«

»Äwer, min leiw Fru, wo könen Sei denn dat lütt Kind bi son'n Küll hier buten herümdrägen, un hett nich mal en Jack an.«

»Laten S' sick doch nich utlachen. Wat weit son'n lütt Gör von 't Weder.«

De Dokter süll doch man glik eins bi den oll'n Radmaker Voß inkiken, mit den güng 't woll tau Enn'.

»Ja«, säd de Dokter, »dat will ick daun.«

Äwer, as hei henkümmt, steiht all Vossensch in de Dör un seggt:

»Ne, laten S' man sin, Herr Dokter, laten Sei minen Mann man 'n natürlichen Dod starwen.«

De Dokter sitt an sinen Disch un schrifft, mit'n Puckel noh de Dör. Dor kloppt dor een.

»Jo«, roppt de Dokter, »kommen S' man rin!«

Un as de Dör open geiht, kickt he sick gor nich erst um un seggt:

»Eenen Ogenblick! Nähmen S' sick 'n Stohl!«

»O, bitte sehr!« seggt dor'n Fru. »Ich bin Frau Senator Überberg!«

»Denn nähmen S' sick twee Stäuhl«, seggt de Dokter.

En Jung kümmt in de Apteik un föddert 'n bäten Insektenpulver för de Flöh.

»Schön, min Jung«, seggt de Apteiker, »för woväl?«

»Je, tellt hebben wi se nich«, gifft de Jung em to Antwurt.

De oll Dokter keem bi sien Patschenten nie nich in Verlägenheit. Wenn hei sien Lüd' wat verschräben harr un taun iersten Mal ehr wedder besäuken ded, denn frögt hei ümmer:
»Hett 't hulpen?«
Wenn de denn »ne« säd, säd hei:
»Süll 't ok nich!«
Wenn hei oewer »ja« säd:
»Sühst du! Dat süll 't ok!«

Fietje: »Na Tedje, büst du wedder gesund?«
Tedje: »Klor, de Grog smeckt al wedder!«
Fietje: »Dat hett jo gau gohn. Denn hest di woll jümmers fix den Dokter sien Medizin doolsloken?«
Tedje: »Is mi gor nich infulln; dat hett sik allens von sülben wedder gäwen.«
Fietje: »Ober ik heww di doch sülben mit dat Rezept in de Afthek ringohn sehn.«
Tedje: »Bün ik ok. Man de Knappen hett ut fiev, söß Buddels wat tosomen goten. Un dat heww ik mi nich gefalln loten. Wenn ik Medizin trinken sall, will ik rejelle Medizin hebben; de Resten ut sien Buddels kann de Knappen sülben supen!«

»Ick wull giern 'ne Brill köpen.«
»Weitsichtig oder kurzsichtig?«
»Nee, dörchsichtig!«

De Frō Doktor droppt Minna, de vor Johrn as Köksch bi ehr deent hett, as de Doktor noch leben ded.
»Na, Minna, wie geht es Ihnen denn?«
»Ick bün siet en Johrstied verheirot, Fro Dokter.«
»Das ist ja schön. Was ist denn Ihr Mann?«
»Schosteenfegergesell, Fro Dokter.«
»So, so. Eine glänzende Partie ist das freilich nicht.«
»Na, weten Se, Fro Dokter: en lebennigen Schosteenfeger is mi ümmer noch teihnmol leeber as en doden Dokter.«

»Herr Dokter, uns lütt Erna hett 'n Kauhdaler äwerslaken!«
»Wat hett s' äwerslaken?«
»So 'n grot koppern Fiefpenningstück!«
De Dokter lett sick dat Kind wiesen.
»Ja, dat is woll glücklich dalrutscht nah 'n Magen rin. Ick will 'n Mittel upschriewen, wat dörchsleiht, dormit de Diern dat so rasch as mäglich werre los ward.«
Dunn fängt de Mudder an tau jammern: »O nee, Herr Dokter, dat lütte Kind hölt dat jo gor nich ut!«
»Je«, seggt de Dokter, »wat hest tau jammern? Wat dörch de Släk gahn is, ward den Weg ok woll wiere finn'; ick kann 't ok nich ierst wesseln.«

»Wat is dat 'n Elend! Hosten heww ik, Rieten in de Been un in 'n Rüg, de Kopp deit weh ...«
»Dat 's allens nich so slimm«, seggt de Dokter, »bi dat Wedder, so as dat nu is, is dat gor keen Wunner, is dat nich. Wekeen bi son Oort Wedder nich krank is, de is allsiendaag nich gesund.«

»Laat Se de Medizin up 'n Trügwegg bi 'n Aptheker trechtmaken. Awer vergeet Se nich, dat Se den Buddel vör 'n Gebruuk schüddeln möt.«

»Is nich nödig, Herr Dokter; ik föhr je langs de Landstraat.«

De Dokter kümmt vun enen Krankenbesäuk up 'n Lann' mit sinen Krischan torügg. Hei seggt nix un Krischan schwiggt ok un drusselt. As sei äwer an 'n Krüzweg kamen, dreiht sik Krischan rüm, wiest up den Wegwieser un seggt:

»Mi dücht, Herr Dokter, dei Wegwieser stünn süs up dei anner Sid!«

»Je«, seggt de Dokter, »dat 's mi ok so ...«

»Nee«, koppschüdd't Krischan, »wo hett dei Welt sik verännert!«

(Nach Otto Walter, aus »Dor lach ick öwer«, 1924.)

In'n Fischerdörp an dei See, – ick weit upstunns nich den Nam, würd em juch äwer ok süs nich seggen, läwt eis 'n ollen, gauden Dokting, dei dei Lüd ümmer up sin oll Ort kurieren ded un dei Kranken ümmer 'n Emmer vull Arzneien verschrew as Sennesbläder, Salbei, Kamellen, Linden- un Fliedertee un so'n Tügs. Dorbi frög hei sei: »Hest 'n apen Achterdör? Hest du 'n käuhlen Kopp un warme Fäut? Geiht ok dei Wind all so, as hei 't möt?«

Eis harr sik dei Dokter nu sülwst verküllt, un een entfamigten Reißmatismus wir dei Folg. Üm dei Weihdag los to waren, beschlöt hei, nah Polzin to reisen un dor sik 'n poor Wochen lang uttaukurieren. Hei nehm also 'n Verträder an, wiest em sin Praxis un leggt em dei starwenskranke Mudding Rühs besunners an 't Hart, indem hei säd:

»Je, min leiw Kolleg! Dat 's 'ne schlimm Sak mit dei oll Fru! Dei läwt blot noch 'n poor Dag; äwer sei is 'ne gaude Seel, un dorüm mücht ick Sei birren, dat Sei ehr dat Enn' so licht maken, as dat möglich is, dormit sik dat arm Worm nich unnödig to quälen brukt.«

As dei oll Dokting afreist wir, güng dei jung gliek to Mudding Rühs un ünnersöcht sei, wurbi hei marken deit, dat sin Kolleg dor wat verbruddelt hett. Hei gew sik nu duwwelt Mäuh, un hei kreg dei Ollsch ok wedder tohöcht.

Nah 'n poor Wochen kem dei oll Dokter vun sin Badreis' torügg, un sin ierst Frag wir:

»Wann un wurans is denn Mudding Rühs storwen?«

»Je!« säd dei jung Verträder un schmet sik stolz in dei Bost, »wat seggen Sei, Herr Kolleg! Dei is all wedder gaud to Wäg!«

»Wat?!« schreg dei Oll, »wat seggen Sei?! Dei Ollsch läwt noch? Dat 's je woll nich möglich! Nah min Diagnos' möt sei jo längst dod sin. Minsch, Minsch! Denn hewwen Sei de Fru jo ganz falsch behannelt!«

(Nach Otto Walter, aus »Dor lach ick öwer«, 1926.)

Oll Hanning wir sihr krank un leg all twee Wochen tau Bedd, as sei von ehr oll Fründin Lining Besäuk kreg. Sei drönt un klönt nu to'n Erbarmen vun ehr Weihdag, un Lining hürt nipping to, nickköppt af un an, as verstünn sei allens, so dat Hanning wedder Maud to faten kriggt un up 'n groten Trost vun ehr leiw Lining räkent. As sei nu schwiggt, seggt Lining to ehr:

»Ja, Hanning! Ick will di jo nich mißtrösten, äwer glöw mi: dat ward mit di nicks mihr!«

(Nach Otto Walter, aus »Dor lach ick öwer«, 1926.)

»Na, Fru, wo fehlt 't denn nu?«
»Ach, Herr Dokter, dat leidige Rieten! Ik kann mien Arms meist nich meer bet bawen den Kopp kriegen, un mit de Been is dat nu al jüst so!«

133

Dokter: »Also düsse Pillen, de sünd för de Bukpien, un de Tabletten, de sünd för de Lebersük.«

»Good, Herr Dokter, man weet de Oort Dinger nu ok, wo se henschüllt, wenn ik s' daalslaken heww?«

Buer Pahlen dröppt den Dokter up de Landstraat. »Buer Witt, de hett seggt, Se weern 'n bösen Veehdokter.«

»So, hett he seggt! Na, denn seggen S' mi mal, wo lang bün ik denn nu al Se Ehr Dokter?«

»Ach, so wat 'n Johrener teihn.«

»Süh, Buer Pahlen, denn harr 'k mi dat äwer doch von Buer Witten nich gefalln laten.«

... ick wull mi hier nich langen uphollen!

Ierster Schauldag. De jungen Lihrer seggt, sei süllen sick man all 'nen Platz utsäuken un sick hensetten. Dat daun sei, blot een so 'n lütten Setter steiht noch ümmer. De Lihrer fröggt em:
»Willst du dich nicht auch hinsetzen, mein Junge?«
De Jung geiht nich von de Stell.
»Wie heißt du denn?« fröggt de Lihrer.
De Jung seggt keen Ton. Do seggt de Lihrer sihr fründlich:
»Du mößt mi doch seggen, woans du heiten deist!«
Do makt de Lütt grot Ogen un smitt sick in de Bost.
»Ick nich«, seggt hei, »ick wull mi hier nich langen uphollen!«

De Schaulrat kümmt in de Schaul. Hei fröggt de Jungens un Dierns nu ok nah dit un dat. Dorbi markt hei, dat ein so 'n lütt Setter nich recht mit dat Räken Bescheid weit. De Schaulrat will em dat klor maken un seggt:
»Hür mal tau, mien Jung! Du hest drei Appels un ick schenk di noch twei tau. Wurväl hest du denn?«
Da pliert de Lütt den Schaulrat so von de Siet an un meint: »Dat deist du jo doch nich!«

In de ünnelst Klass' fröggt de Lihrer so 'n lütten Setter:
»Was ist dein Vater?«
Dunn seggt de Lütt:
»Ick heww noch keen'n, ick krieg ierst een'n!«

En Scholmeister in de Uennerklass' hett sik ümsünst afquält, den lütten Setter dat Tohopentellen bitobringen. As he al binah vertwifeln will, seggt he:
»Wenn dien Mudder di twee Sneden Brot giwwt un se giwwt di denn noch twee, woveel hest du denn?«
»Denn heww ik nog!« wir de Antwoord.

So 'n Setter von 'n Johrener acht steiht an 'n Haben un lett sick sien Bodderbrot gaud smecken. Man hei hett dorbi so 'n richtig Schnappschnut. Dor kümmt so 'n öllerhaftigen Herrn lang un süht em.
»Na«, seggt hei, »smeckt ok? Oewer – hest du kein Taschendauk?«
»Dat woll«, antert de Lütt', »oewer nich taun Verleihnen!«

Twei Jungs bekieken sick ehr Händ'n.
»Mien sünd man väl dreckiger!«
»Ja«, seggt de anner, »man du büst ok twei Johr öller!«

»Vadder, lat mi doch Musik lihren. Ick heww gor tau veel Lust dortau.«
»Du sallst Musik lihren. Äwer dat segg ick di: up minen Hof kümmst du mi nich un sammelst.«

»Nun, Krischan«, fragt der Lehrer, »wie wird Trompete geschrieben?«
Krischan: »Dei ward äwerhaupt nich schrewen: dei ward blast.«

»'n Trummel kann ick di nich schenken. Ick kann dat Trummeln nich verdrägen.«

»Bitte, bitte, Vadding, ick will ok blos trummeln, wenn du slapen deist.«

De Lihrer gung achtern Diek langs, as he mit eenmool een gräsig Geschrich heurn dä. Dat klung meist so, as wenn dor een ganz geheurig dat Jack vull wickst worrn un twüschendör dor futer dor een Froensstimm rum: »Du Flätangel, du! Du vermucksde Jung, du! Du abasige Bengel, du!«

Un richdig! As he um de Eck keem, dor süht he, woans een Fro son teinolbenjährgen Jung den Kattekismus up ehr egen Oort bibröch.

»Mien beste Fro Beckmann, nu hollen Se man bloots mool 'n Ogenblick de Luft an un laten S' dat Tageln na. Se kamen darbi jo ganz ut 'e Pust! Wat hett de Jung denn öwerhöwt daan?«

»Wat 'e daan hett? Dat Rickels hett 'e upmaakt, un nu sünd de ganzen Aantenküken mi dör de Latten gahn!«

»Och, beste Fro, denn is dat jo nich so slimm! Aantenküken de putscht doch jümmer wedder na eern Stall hen, so as se dat wennt sünd!«

»Dat is jo grode dat Leiden! De bün ik nu loos!« sä de Oolsch, un dor kreeg de Jung noch mool sien Dracht!

In de Schol fröggt en lütt Dirn de Lihrerin:
»Frölen, is de lew Gott krank?«
»Na, wo kümmst du to disse Frag', Kind?«
»Ja, min Mudder les' hüt Morgen in de Zeitung, dat de lew Gott den Dokter Smidt to sick ropen hadd.«

De Lihrer in de Schönbarger Schaul, de kunn dat de Jungs nich in den Kopp kriegen mit den Dativ un den Akkusativ.

»Fritz«, seggt hei, »nun sage Du mir: Wo sitzt die Nase? In's Gesicht oder im Gesicht?«

»In's Gesicht!« säd Fritz sihr tauversichtlich.

»Nein, nein«, säd de Lihrer, »das ist falsch! Überlege mal, wenn Du Dich mit Karl erzürnst und er gibt Dir eine Ohrfeige, wohin haut er? Im Gesicht oder in's Gesicht?«

Fritz dacht: In's Gesicht was falsch, denn mötst dat anner nehmen, hei säd also ganz flott: »Im Gesicht!«

»Aber nein«, säd de Lihrer, »das ist ja wieder falsch! Weiß es denn wirklich keiner von Euch? Nun also, wo sitzt die Nase?«

Dunn bört lütt Lute Lüders den Finger tau höcht: »Ick weit 't!«

»Das ist gut«, säd de Lihrer, »also, mein Sohn, wo sitzt die Nase?«

»Oewer 't Mul!« säd Lute Lüders.

De Lihrerin vertellt de Gören von »konkret« und »abstrakt« und will ehr den Ünnerscheid ok recht klor maken. »Was Ihr sehen und anfassen könnt, ist konkret; was Ihr nicht sehen und anfassen könnt, ist abstrakt«, seggt sei un fröggt dunn, ob ehr einer 'n Biespill seggen kann. Nah 'ne Wiel' seggt so'n Lütt: »Fräulein, ick weit ein!«

»Na, denn sag's mal!«

»Min Bücksen sünd konkret, un Sei Ehr Bücksen sünd abstrakt!«

Die junge Lehrerin gibt Unterricht in der 7. Klasse. Ein Junge tritt aus der Bank, geht zur Tür, schließt sie geräuschvoll hinter sich zu, erscheint aber sofort wieder. Dann geht ein anderer Knabe zur Tür und kommt ebenso schnell und geräuschvoll in die Klasse zurück. Schließlich flitzt ein dritter zur Tür, auch er sitzt nach wenigen Sekunden wieder in seiner Bank. Die Lehrerin ruft: »Aber Jungens, ihr könnt doch nicht immerzu hinauslaufen!«

Da ruft die Klasse: »Doch, uns Klassenlihrer hett seggt, wi salln uns buten utstinken!«

Mit de lütt Marie, wat en fix Diern von teihn Johr wier, was de Lihrerin gornich taufreden. Sei wier ehr tau unorig. Sei höll ehr dorüm 'ne Strafpredigt un säd: »Acht Tage nur möchte ich einmal deine Mutter sein!« De Lütt dacht en Ogenblick nah un säd truhartig: »Ja, Fräulein, ick will minen Vadder hüt Middag mal fragen, wat hei will.«

Die Kleinsten werden spazierengeführt. Störche fliegen über ihre Köpfe hin, sofort hebt der alte Sang an:
»Adebor, du Bester, bring' mi 'ne lütt Swester;
Adebor, du Gauder, bring' mi 'nen lütten Brauder!«
Doch aus dem vielstimmigen Chor hört man ganz deutlich die weinerliche Stimme eines Mädchens: »Mi nich, mi nich! Wi hebben all säben Stück, un Mudding ward denn ümmer so krank.«

Dor kern eis 'ne Bursfru mit Drilling nedder. Annern Dag halt dei Bur sinen Öllsten, 'n Bengel von sös Johrn, dei bi dei Grotöllern west wir, as Mudding ehr schwor Stunn hett kamen markt, wedder nah Hus.

Hansing wir 'n klippen Burjung.

'n Jung, dei mit Hunn-, Katten- un Karnickeltucht all gaud Bescheid wüßt. As em nu sin nigen Bräuders wiest warden, kek hei sik mit Kennerogen an, dunn düd't hei up den gröttsten vun dei drei un säd:

»Dat 's dei best, Vadding! Den willen wi behollen, dei annern versöpen wi!«

(Nach Otto Walter, aus »Dor lach ick öwer«, 1926.)

De Kanter hadd de Gören verklort, dat de Fründschaft mit den Hund nich tau grot sien dörft un dat sei sick nich von'n Hund likken laten süllen. Dor künn licht 'ne Krankheit oewerdragen warden.

»Mien Tanten Rike«, säd een von de Jungen, »dei hadd een Hund, dat heww ick seihn, den hett sei 'n Kuß gäben.«

»Pfui«, seggt de Kanter, »sowat sall de Minsch nie nich daun, dat is heil gefährlich!«

»Ja, dat is wohr«, seggt de Jung, »vierteihn Dag' naher, dunn wier de Hund dot.«

»Du, Vadder«, säd lütt Krischan, as sei bi de Abendkost wiren, »is dat würklich wohr, wat de Paster seggen ded, dat de lütt' Negergören nich Jack un Büx anhewwen, wenn sei up de Strat rümlopen?«

»Ja, dat is wohr«, seggt de Oll, »abers dat is ok wider nich so slimm, du möst jo weiten, dat is dor ganz bannig warm Weder in Afrika, dat ganz Johr dörch. De Gören frieren ok nich'n lütt beten, wenn sei dor ok as Nakedei rümlopen.«

De Jung dacht en Ogenblick nah, un dunn säd hei: »Je, Vadder, ganz verstah ick dat doch nich. Wat sälen sei denn mit den Büxenknopp maken, den du in 'n Klingelbüdel steken hest, wenn sei gor kein Büxen bruken?«

Een Jung kümmt de Dörpstraat herünnerlopen. Ünnerwegens dröppt he den Köster, treckt sien Mütz un löppt wider. Dor röppt em de Köster an: »Na, wo willst Du denn hin?«

»Mien Vadder holn. Ik heff 'n Broder kregen.«

»Na, da freust Du Dich gewiß, mein Junge.«

»Ja, – un wat een Glück, dat Mudder grad to Huus weer! Wat harr ik sünst mit dat lütte Krapp bloots anfangen schullt!«

De dreejörig Sön von Famielje Müffelmann hett hüt tom eerstenmool 'n Büx kregen. Müffelmann freit sik to sinen lütten Aflegger un seggt to sien Fro Christine:

»Ik würr mi je kaputtlachen, wenn noher 'n lütje Bescherung in de Büx is.«

De Famielje Müffelmann geiht nu in 'n Botoonschen Goorn spazeern, un mit'n mool treckt de Lütt sinen Vadder an 'n Rock un seggt:

»Vadder, nu kannst du di kaputtlachen!«

Een Jung kem in de Lihr, sin Mudder frög em mal, grifft dat dor ok gaud Äten?

»Bi uns äten sei all Hut«, seggt de Jung, »de Meister ett de Hut von'n Gausbraden, de Meistern de Hut von de Melk, un ick krieg de Hut von de Wust.«

'ne oll Fru steiht up de Straat un söcht un söcht an de Ierd rüm. Twei Jungs stahn ganz dicht bi.

»Wat mag dei dor woll säuken?« frögt de ein.

»Een Mark-Stück«, seggt de anner.

To Kopmann Mars in dei Bäukstrat in Griepswold kem eis Lening un will för'n Gröschen Sirup halen. Dei Ladenschwengel nehm Lening den Pott ut dei Hänn', füllt den Sirup rinner un seggt:

»Nu, min Leiwing, dor hest du dinen Kram, wur is nu dei Gröschen?«

»Ja«, antwurdt dei Lütt, »dei liggt unnen in'n Pott.«

(Nach Otto Walter, aus »Dor lach ick öwer«, 1926.)

Editorial

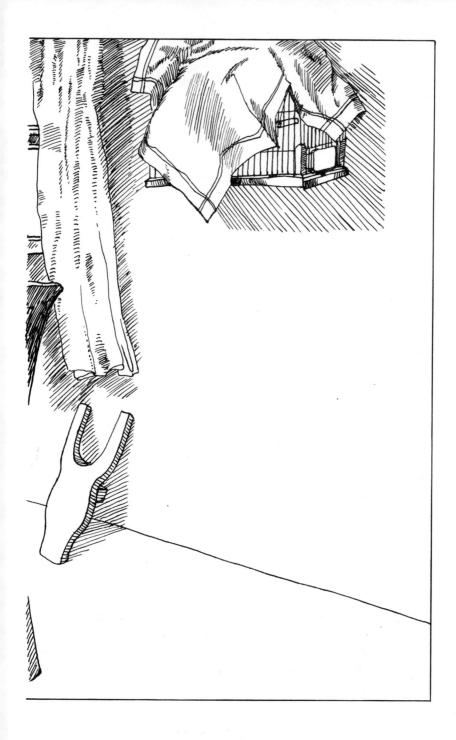

Für die vorliegende Sammlung wurden, neben eigenen Aufzeichnungen, benutzt: »De Eekbom« (andere Ausgaben: »De Eekboom«), Zeitschriftenjahrgänge 1 bis 52, Berlin 1883 bis 1934; der »Großherzoglich Mecklenburg-Schwerinsche Kalender«, Jahrgänge 1847 bis 1875, »Großherzoglich Mecklenburg-Schwerinscher und Mecklenburg-Strelitzscher Kalender«, Jahrgänge 1891 bis 1936, jeweils Rostock. Druck und Verlag von Adler's Erben; der »Voss-un-Haas-Kalenner« aus dem Hause Hinstorff Wismar, Jahrgänge 1864 bis 1942; »Mecklenburgische Monatshefte«, 1925 bis 1936, Hinstorff Rostock.

Nahezu alle Humorgeschichten, die dort aufgefunden wurden, haben keinen namentlich erwähnten Urheber. Einiges, zum Beispiel die Clumbumbus-Geschichte auf Seite 96, findet man in einer anderen Fassung jeweils bei Fritz Specht und Otto Wobbe. Anderes wanderte durch die Jahrzehnte, so die Geschichte »Min leiw Herr Meyer ...« auf Seite 36, die bei Adler in Rostock 1885, 1905 und 1920 in unterschiedlichen Fassungen erschien.

Folgende Titel waren bei der Neufassung vorliegender Geschichten eine wertvolle Hilfe: Hans Balzer, Dat plattdütsche Lachen. Hamburg, 1938; Hans Bunje, Der Humor in der niederdeutschen Erzählung des Realismus. Neumünster, 1953; Hans Harbeck, Hamburg. Was nich im Baedeker steht. München, 1926; Renate Herrmann-Winter, Kleines plattdeutsches Wörterbuch. Rostock, 1985; Eike Christian Hirsch, Der Witzableiter oder Schule des Gelächters. Hamburg, 1985; Salcia Landmann, Der jüdische Witz. Olten und Freiburg im Breisgau, 1960; Fritz Lau, Lach mit. Hamburg, 1929; Herbert Schöffler, Kleine Geographie des Deutschen Witzes. Göttingen, 1955; Niederdeutsche Scherze. Gesammelt und herausgegeben von Fritz Specht. Hamburg, 1929 und 1954; Fritz Specht, Plattdeutsch. München, 1934; Otto Walter, Dor lach ick öwer. Stettin, 1924 und 1926; Richard Wossidlo, Reise, Quartier, in Gottesnaam. Rostock, 1959; Paul Wriede, Hamburger Volkshumor. Hamburg, 1924.

Orthographie, Grammatik und Schreibweise der verschiedenen und hier vorkommenden Mundarten wurden nicht vereinheitlicht. Wir haben uns auch nicht dazu verstehen können, alles in einer

Mundart zu erzählen. Diese Sammlung hat keine sprachwissenschaftlichen und keine volkskundlichen Absichten. Sie gründet sich vielmehr auf die regional isolierten, umlaufenden und grenzüberschreitenden Äußerungen zum Thema Humor auf Platt: 209 praktische Beispiele eines ästhetischen, individuellen und gesellschaftlichen Phänomens.

Inhalt

I.	Zu diesem Buch: Einsichten im Rückblick	5
II.	... ick bün 'n Schapskopp, un du büst 'n dito.	21
III.	... mi kenn' s' hier all'!	59
IV.	... na, denn smiet em man öwer Buurd!	85
V.	... en gaud Gewissen hewwen un swinnelfrie sien!	109
VI.	... de Pocken sünd in 'n Dörp.	123
VII.	... ick wull mi hier nich langen uphollen!	135
VIII.	Editorial	149